Frostige Zeiten

Von Ralph Bruch

Buchbeschreibung:

Eine Tote im Restaurant Stadtmitte in Bad Freienwalde gibt den Kommissaren Brandauer und Neubert Rätsel auf. Schnell stellt sich heraus, dass es Mord war. Doch wie konnte es in einem vollbesetzten Restaurant zu der Tat kommen, ohne dass es jemand bemerkt hat. Fest steht auch schnell, dass der Täter noch vor Ort sein muss. Nun gilt es, an die hundert Verdächtige nach Motiv und Alibi zu überprüfen.

Über den Autor:

Selbstporträt 1990

Ralph Bruch, eigentlich Ralph Bruch-Sinnwell, Jahrgang 1954, studierte Informatik, Kunst und Psychologie in Berlin, war Lehrer und Schulleiter an einer Berliner Grundschule und widmet sich seit seiner Pensionierung vorrangig dem Schreiben, der Malerei und der Musik. "Frostige Zeiten" ist der zweite Fall für Kommissar Brandauer. Vorher war bereits der Band "Schuldig - aus Mangel an Beweisen" bei BoD erschienen.

Frostige Zeiten

Kommissar Brandauers zweiter Fall

Von Ralph Bruch

Bibliografische Information der Deutschen Nationalbibliothek:
Die Deutsche Nationalbibliothek verzeichnet diese Publikation in
der Deutschen Nationalbibliografie; detaillierte bibliografische
Daten sind im Internet über dnb.dnb.de abrufbar.

2. Auflage, Mai 2025
© Ralph Bruch – alle Rechte vorbehalten.

Verlag: BoD · Books on Demand GmbH, Überseering 33,
22297 Hamburg, bod@bod.de
Druck: Libri Plureos GmbH, Friedensallee 273,
22763 Hamburg
ISBN: 978-3-7693-5777-6

Prolog

Wir schreiben das Jahr 2025. In den Vereinigten Staaten ist gerade zum zweiten Mal Donald Trump ins Weiße Haus eingezogen, was bisher nur Grover Cleveland geschafft hatte. Während er von Übersee aus der Menschheit das Fürchten lehrt, bereitet man sich hier in Deutschland darauf vor, ihn dabei so gut wie möglich zu unterstützen.

Denn an dem Tag, als die Amerikaner Donald Trump zum Wahlsieger erklärt haben, ist den Deutschen nichts Besseres eingefallen, als ihr Land für nicht mehr regierbar zu erklären. Das ist jetzt etwa zwei Monate her.

Inzwischen hat man entschieden, am 23. Februar Neuwahlen durchzuführen, und man ist mitten im Wahlkampf, auch hier im Osten Brandenburgs. Während die etablierten Parteien noch grübeln, mit welchen nichtssagenden Slogans sie die Bevölkerung am besten in die Arme von AfD und BSW treiben könnten, haben die bereits ihre Hausaufgaben gemacht. Denn ihre Wahlhelfer sind selbst bei Minusgraden seit Kurzem dabei, Plakate zu hängen.

Und während Boerne und Thiel im Münsteraner Tatort ein erfrorener Obdachloser beschäftigt, findet man in Bad Freienwalde hinter einem Restaurant im Schnee liegend eine Frauenleiche, die Kommissar Brandauer und seiner Kollegin Neubert Rätsel aufgibt.

– Frostige Zeiten allenthalben –

Kapitel 1

Als Brandauer den Fernseher einschaltete, vernahm er gerade noch die letzten Töne der Tatorterkennungsmelodie. Ein langsamer Kameraschwenk über die Dächer von Münster zeigte, dass sich über Nacht eine dünne Schneedecke über die Stadt gelegt hatte. Das Rufen zweier Krähen in der Ferne wurde vom Martinshorn eines Polizeifahrzeugs abgelöst. Am Tatort, einer verlassenen Fabrikhalle, war schon schwer was los.

Man hatte bereits erste Spuren auf dem gefrorenen Betonboden der Lagerhalle gesichert und Schilder mit Ziffern zur Kennzeichnung aufgestellt. Das typische Klicken einer Kamerablende verriet, dass die Spusi gerade dabei war, Fotos vom Tatort zu machen.

Männer in ihren weißen Anzügen waren damit beschäftigt, das nähere Umfeld der Leiche, die da ausgestreckt in einer gefrorenen Pfütze auf dem blanken Beton lag, auf weitere ermittlungsrelevante Hinweise hin zu sondieren.

Während zwei Polizisten in Uniform eher teilnahmslos am Rande der Szene standen, so als hätten sie ihren Text vergessen, war die hübsche blonde Tatortkommissarin Nadeshda Krusenstern aktiv. Sie stellte ihre graue Umhängetasche ab, zog sich Schutzhandschuhe an und kniete sich neben den tiefgefrorenen Leichnam des bärtigen Alten, um ihn näher zu untersuchen.

Das Alter des Toten war nur schwer zu schätzen, irgendwas zwischen 40 und 70, vermutete man als Zuschauer. Verfilztes ungepflegtes Haar, vom Wetter, Alter und Suff gegerbte Haut, zerzauster Vollbart, in dem die letzten Atemzüge kurz vor dem Ableben noch schnell kleine Eiszapfen hinterlassen hatten. Als die Tatortkommissarin schwungvoll versuchte, den Reißverschluss seines Parkas ein stückweit zu öffnen, kam die Leiche auf dem spiegelglatten Untergrund ins Rutschen.

»Upps! Lebt der Kamerad noch?«, kicherte einer der Kollegen in Weiß, der die Aktion im Hintergrund stehend beobachtet hatte.

Die Kommissarin griff, ohne auf die Bemerkung zu reagieren, zu ihrem Handy und wählte die Nummer ihres Chefs.

Es klingelte. Der Hund des Kommissars, der vor dem Fernseher lag, hob den Kopf kurz an und versuchte, die Ohren zu spitzen. Brandauer griff zu seinem Smartphone, das neben ihm auf dem Couchtisch lag.

»Nadeshda?«

»Hä? Was heißt hier Nadeshda?«

Brandauer nahm seine Füße vom Couchtisch, stellte den Ton etwas leiser, richtete sich ein Stück auf und stellte sein halb leeres Weißbierglas ab.

»Entschuldige Beate, aber für einen Augenblick dachte ich, ich sei im Reality-TV. Was ist los? Es ist Sonntag Abend! Kann man jetzt nicht mal mehr in Ruhe *Tatort* gucken?«

Während Brandauer an seiner Zigarette zog und in den Fernseher starrte, wo Nadeshda Krusenstern in Münster gerade versuchte, Kommissar Thiel am Telefon das Bild ihres tiefgefrorenen Obdachlosen zu beschreiben, bemühte sich Oberkommissarin Beate Neubert in Bad Freienwalde darum, ihrem Chef am Telefon zu erklären, dass man im *Restaurant Stadtmitte* gerade die Leiche einer Frau gefunden hatte.

»Erfroren?«, wollte er wissen.

»Nee, wahrscheinlich erdrosselt.«

»Ich tippe ja eher auf erfroren«, konstatierte Brandauer, der sich noch nicht von der Tatortleiche hatte loseisen können.

»Mann, Franz, mach den Fernseher aus und komm her. Wir brauchen dich hier.«

»Geht nicht«, versuchte Brandauer, den Blick weiterhin auf den bärtigen Alten gerichtet, das Unvermeidbare noch abzuwenden. »Hab schon zwei Bier getrunken.«

»Als wenn dich das jemals davon abgehalten hat, noch Auto zu fahren.«

Inzwischen lag der Unterkühlte bei Boerne auf dem Seziertisch. Brandauer kannte die Folge bereits und erinnerte sich, dass Frau Haller als Nächstes versuchen wird, auf den für die anstehende Obduktion eher hinderlichen Aggregatzustand der Leiche mittels eines Föns einzuwirken.

»Bist du allein, Beate?«

»Nee, Brömel und Hansen sind bei mir.«

Polizeihauptmeister Jochen Brömel und Polizeimeister Detlef Hansen waren die Kollegen, die auf dem Revier in Bad Freienwalde arbeiteten, in dem auch der Kommissar und Beate Neubert ihr Büro hatten.

Brömel, Jahrgang 1976, war ein sehr erfahrener Kollege, der mit seinen ein Meter zweiundsiebzig, dem Vollbart, den er sich seit dem letzten Sommerurlaub hatte wachsen lassen, und seiner Leibesfülle einem etwas zu klein geratenen Bud Spencer ähnelte. Er kämpfte – wenn auch mit angezogener Handbremse – vergeblich seit Langem gegen sein Übergewicht an.

Hansen war das genaue Gegenteil von ihm: jung, unerfahren, schlaksig, tollpatschig, blond und erinnerte Brandauer immer an den jungen Marius Müller-Westernhagen. Zusammen wirkten sie zuweilen wie Pat und Patachon.

»Okay, gib mir zehn Minuten.«

»Beeil dich lieber. Die Stimmung ist hier gerade am Kippen.«

Brandauer drückte erst seine Kippe im Aschenbecher aus, dann auf die Powertaste der Fernbedienung und warf einen flüchtigen Blick aus dem Fenster. Es hatte aufgehört zu schneien. Auf seinem alten

Landrover, der vor dem Haus stand, hatten sich bereits wieder zehn Zentimeter Schnee angesammelt. Er wird schon wieder fegen müssen, stellte er fest.

Bis vor wenigen Tagen noch hatte sich der Winter zurückgehalten. Nur selten war die Temperatur unter den Gefrierpunkt gefallen. Seit drei Tagen jedoch schneite es ohne Unterbrechung. Der Räumdienst kam kaum hinterher und der Kommissar musste bereits mehrfach die Zufahrt zu seinem Hof, auf dem er nun schon seit über zwei Jahren lebte, freischaufeln.

Der inzwischen 58-Jährige hatte ihn im Herbst 2022 von seinem Vater übernommen, der zu alt und zu krank war, um ihn noch länger zu bewirtschaften. Mittlerweile war er dement. Brandauer versuchte, ihn so oft es ihm möglich war im Seniorenzentrum der Stephanus-Stiftung in Bad Freienwalde zu besuchen.

Der Kommissar tauschte seine Latschen gegen seine lammfellgefütterten Winterstiefel, warf sich seinen bordeauxroten Kaschmirschal leger um den Hals und griff nach seinem Trenchcoat. Mit einem kurzen Pfiff signalisierte er seinem vierbeinigen Lebensgefährten, dass es noch einmal rausgehen sollte.

Rolex, der mittlerweile neunjährige mausgraue Weimaraner, streckte kurz alle viere von sich und erhob sich träge von seinem ihm angestammten Platz, um seinem Herrn bedächtig durch den Schnee zum Auto zu folgen. Brandauer öffnete ihm die hintere Tür seines Landrovers und wartete. Der Weimaraner rührte sich nicht von der Stelle, sondern sah ihn verstört an, als wollte er sagen: ,*Echt? Muss das jetzt sein?*‘

»Guck nicht wie’n Dackel, das ist unter deiner Würde, Rolex. Mach Hopp!«

Der Hund tat ihm den Gefallen, wenn auch eher widerwillig. Er sprang ins Auto, machte sich sofort wieder auf der Rückbank lang und legte den Kopf zwischen die Vorderpfoten. Der Weg bis zur Hauptstraße war noch nicht geräumt und ein normaler Pkw hätte vielleicht seine Probleme gehabt, vorwärts zu kommen. Auf dem Weg zum Restaurant versuchte Brandauer, sich ein Bild davon zu machen, was ihn wohl gleich erwarten würde:

,*Eine erdrosselte Frau, in einem wahrscheinlich gut besuchten Restaurant, an einem Sonntagabend. Was ist da passiert? Wie soll jemand ungehindert in einem vollen Restaurant eine Frau erdrosselt haben*‘, fragte er sich. ,*Wahrscheinlich haben sie den Täter auf frischer Tat ertappt und er wartet bereits in Handschellen auf mich*‘, dachte sich Brandauer. ,*Oder die Frau ist doch einfach an einer Olive erstickt.*‘

Die Variante hätte er bevorzugt. Für andere Szenarien fehlte ihm jede Fantasie.

Neben dem Fall der entführten Wiebke Schirrmacher vor eineinhalb Jahren, war dies erst der zweite Fall, der auf Mord hindeutete, seit Brandauer die Stelle in Bad Freienwalde angetreten hatte. Der Alltag im Revier war ansonsten eher beschaulich und hätte auch von Polizeihauptmeister Brömel mit Unterstützung des Kollegen Hansen, der ihm seit zwei Jahren zur Seite stand, bewältigt werden können.

Hier und da ein Ladendiebstahl, gelegentlich mal ein Kellereinbruch oder Taschendiebe, die in der Innenstadt ihr Unwesen trieben.

Als der Kommissar sich dem Restaurant näherte, sah er schon von Weitem das Flackern der Blaulichter der Einsatzfahrzeuge. Vor dem Restaurant standen bereits ein Rettungswagen der Feuerwehr sowie die Polizeifahrzeuge seiner Kollegen. Er stellte seinen Wagen auf der Straße ab, stieg aus, zündete sich eine Zigarette an und sah sich um.

Der Parkplatz des Restaurants war bis auf wenige Ausnahmen belegt, sodass man davon ausgehen konnte, dass auch das Restaurant selbst entsprechend gut besucht war. Vor dem Eingang hatte sich ein junger Typ mit weißer Steppjacke breitbeinig aufgebaut, der sich mit Passanten unterhielt, die von ihm vermutlich wissen wollten, was denn hier los sei.

Als Brandauer die Leute vorsichtig beiseitegeschoben hatte und an ihm vorbei wollte, versuchte er, ihn mit ausgestreckten Armen am Betreten des Restaurants zu hindern. Brandauer klemmte sich seine Zigarette in den Mundwinkel, zückte seinen Dienstausweis und sagte:

»Darf ich fragen, wer Sie sind?«

»Ah, Herr Kommissar! Sie werden schon erwartet.«

Das Michelinmännchen trat einen Schritt zur Seite und deutete eine Verbeugung an, von der Brandauer nicht wusste, ob sie ehrerbietig oder despektierlich gemeint war.

Er reagierte nicht sofort, sondern hakte nach:

»Also, noch mal. Wer sind Sie?«

»Enrico Mantovani, Herr Kommissar. Meinem Vater gehört das Restaurant. Ich soll hier aufpassen, dass niemand rein- oder rausgeht – hat er gesagt.«

Brandauer schnipste seine Kippe in den nächsten Schneehaufen und erwiderte:

»Na dann passen Sie mal schön weiter auf.«

Er war überrascht, dass das Restaurant einen italienischen Besitzer hatte. Es machte von außen einen gutbürgerlichen, eher biederen Eindruck. Brandauer hatte immer gedacht, dass man hier eine deutsche Küche angeboten bekommt, Soljanka oder Schnitzel mit Pommes, und war nie auf die Idee gekommen, einen Fuß über die Schwelle zu setzen.

Als der Kommissar die Tür zum Restaurant aufstieß, waren sofort alle Augen auf ihn gerichtet. Betretenes Schweigen schlug ihm entgegen. Die meisten Tische waren, wie er schon vermutet hatte, besetzt. Das Interieur bestätigte den Eindruck, den Brandauer immer hatte: Tische mit weißen Tischdecken und Mahagonistühle, deren Sitzfläche und Lehne stoffbespannt waren: doch eher Schnitzel mit Pommes.

Einige Gäste hatten bereits gegessen und waren schon beim Dessert oder Espresso angelangt. Andere warteten noch auf ihr Gericht oder saßen vor ihrem Teller, getrauten sich aber nicht zu essen. Vielleicht dachten sie ja, dass sie mit einem Messer in der Hand unweigerlich in den engeren Kreis der Verdächtigen rücken würden.

Der eh schon große Raum wirkte durch die Spiegel an den Wänden noch größer. Er bot Platz für etwa hundert Personen und war gut zur Hälfte ausgelastet.

Brandauers Kollegin stand, ihm den Rücken zugewandt, am Tresen und unterhielt sich mit einem Typen, der wahrscheinlich der Chef des Hauses war und dem alternden Belmondo in seiner besten Zeit stark ähnelte. Während Brömel in seiner ganzen Breite gemeinsam mit Hansen den Eingang zu den Toiletten sicherte, steuerte Kommissar Brandauer, sich nach allen Seiten umblickend und von den neugierigen Blicken der Gäste verfolgt, direkt auf die beiden zu.

»Servus, Jochen, 'Tag Hansen. Wo ist die Leiche?«

Der Kommissar hatte nur kurz die Hand zum Gruß gehoben und ließ sie gleich darauf wieder in der Manteltasche verschwinden, sodass Polizeimeister Hansen, der einen Handschlag erwartet hatte, mit ausgestrecktem Arm dastand und etwas verloren aus der Wäsche guckte.

Brömel zog mit beiden Händen seine Hose, die ihm aufgrund seiner Leibesfülle schon wieder unter die Gürtellinie gerutscht war, hoch und sagte:

»Hier hinten, Franz. An den Toiletten vorbei, gehts zum Hinterausgang. Draußen vor der Tür liegt sie. Ist nicht zu übersehen.«

Er wies ihm mit einer Geste den Weg und folgte dem Kommissar mit behäbigen Schritten. Während es rechts zur Küche ging, führte ein schmaler Gang links zu den Toiletten. Zuerst zu denen für Herren, dann zu denen für Damen. Die Eingänge zu den Toiletten befanden sich auf der rechten Seite. Ging man den Gang weiter, kam man zu einer Tür, die nach draußen führte.

Brandauer öffnete sie und sah, dass zwei Rettungssanitäter bei einer Person knieten, die der Länge nach im Schnee lag. Die Frau lag auf dem Rücken und war nur spärlich bekleidet. Brandauer hatte das spontane Bedürfnis, ihr seinen Mantel anzubieten, aber die wärmende Wirkung hätte ihr nicht mehr geholfen.

Sie war recht korpulent und hatte einen beeindruckenden Brustumfang. Er grüßte die Sanitäter flüchtig und zog sich einen Schutzhandschuh an. Dann kniete er sich ebenfalls neben die Tote, die da im Schnee lag.

Der Kommissar schätzte sie auf Anfang sechzig, etwa eins fünfundsiebzig groß und neunzig bis fünfundneunzig Kilo schwer. Sie hatte brünettes halblanges Haar, trug eine weiße Bluse und eine dunkle Hose. Brandauer bewegte das bunte Seidentuch, das ihren Hals schmückte, etwas zur Seite.

»Mann oder Frau?«, wollte der Kommissar wissen. Die Frage war an Brömel gerichtet, der hinter ihm stand. Der sah erst Brandauer, dann die beiden Sanitäter entgeistert an, die mit der Frage genau so wenig anzufangen wussten wie er.

»Ich denke, das Muster des Halstuchs lässt mit einiger Wahrscheinlichkeit den Rückschluss zu, dass es sich hier um eine Frau handelt, Franz.«

»Ich meine den Täter, Mensch. Den habt ihr doch, nehme ich mal an?«

Wachtmeister Brömel stemmte die Hände in die Hüften und erwiderte:

»Na klar! Es haben alle den Arm hochgerissen und laut ‚*ich wars!*‘ geschrien als wir das Etablissement betraten. Leider reichten unsere Handschellen nicht aus, um sie alle zu verhaften, sodass wir ihnen gesagt haben, sie sollen erst mal in Ruhe aufessen. ... Nee, haben wir natürlich nicht, Herr Hauptkommissar!«

»Die Frau kann doch bei dem Betrieb nicht einfach erdrosselt worden sein, ohne dass es einer mitgekriegt hat, Jochen. War die Frau hier angestellt oder war sie zu Gast?«

»Die war zu Gast, war alleine hier und saß im großen Saal hinten in der Ecke.«

Brandauer erhob sich und ging mit forschem Schritt zurück ins Restaurant, wo die Neubert noch immer dem Belmondo an den Lippen hing. Er stellte sich in die Mitte des Raums und sah sich, auf der Suche nach dem Tisch, an dem die Ermordete gesessen hatte, um.

Die Gäste hatten, wenn auch sichtlich verunsichert und mit betretener Miene, wieder angefangen zu essen und sich zu unterhalten. Es waren viele Paare darunter. Die Älteren hatten sich chic gemacht. Die

Frauen trugen ihren Sonntagsschmuck zur Schau und hatten ihren Männern ein frisch gebügeltes Hemd rausgelegt.

Die Jüngeren hatten das an, was der Kleiderschrank zufällig hergab, und waren beim Verlassen der Wohnung eher darauf fokussiert, ihr Smartphone nicht zu vergessen. Man sah sie überall rumdaddeln. Die sozialen Medien wurden also bereits gefüttert, vielleicht sogar schon zum Glühen gebracht. Wahrscheinlich auch mit der einen oder anderen Falschmeldung. Da war es nur noch eine Frage der Zeit, wann die von der Presse auftauchen würden.

Brandauer hatte den Tisch, an dem das Opfer gesessen hatte, schnell ausfindig gemacht. Über der Stuhllehne hing eine Jacke. Auf dem Tisch stand ein angefangenes Glas Aperol spritz.

An einer langen Tafel, am Rande des Saales saß eine Gesellschaft von etwa 15 Personen, die anscheinend etwas zu feiern hatte. An allen anderen Tischen saß man überwiegend zu zweit, dritt oder viert. Nur wenige waren auch allein da. Keinen der Gäste hätte man auf den ersten Blick zugetraut, noch vor etwa 30 Minuten eine Frau erdrosselt zu haben.

Der Kommissar drehte sich ein Mal um die eigene Achse und rief für alle vernehmbar:

»Ich bitte kurz um Ihre Aufmerksamkeit.«

Es dauerte einen Augenblick, bis alle zur Ruhe gekommen waren. Dann fuhr er fort:

»Mein Name ist Brandauer, Hauptkommissar Brandauer. Sie haben wahrscheinlich mitbekommen, dass hier im Restaurant gerade jemand ums Leben gekommen ist. Wir können zum gegenwärtigen Zeitpunkt leider nicht ausschließen, dass es sich dabei um Mord handelt. Der Täter ist eventuell sogar noch unter uns.«

Brandauer hatte den letzten Satz noch nicht ganz beendet, da ging ein Raunen durch die Menge, als hätte jemand gerade eine Sylvesterrakete gezündet. Spontan wurde der Nachbar am Arm gefasst oder die Hand zum Mund geführt. Irgendwo zerschellte ein Sektglas scheppernd auf einer Tischplatte. Alle sahen sich betreten an. Der Mörder wahrscheinlich auch irgendjemanden.

»Ich gehe davon aus, dass Sie bereit sind, die Arbeit der Polizei zu unterstützen«, fuhr er fort, »und muss Sie deshalb bitten, nicht ohne Erlaubnis das Restaurant zu verlassen. Ihr Einverständnis vorausgesetzt, werde ich jetzt einen meiner Kollegen bitten, einige Fotos zu machen. Ich versichere Ihnen, dass diese Fotos ausschließlich im Rahmen unserer Ermittlungen benutzt und nach Abschluss vernichtet werden. Sollten Sie damit dennoch ein Problem haben, kommen Sie bitte jetzt zu mir.«

Brandauer sah erwartungsvoll in die Runde. Sein Kalkül schien aufzugehen. Niemand wollte sich dadurch verdächtig machen, dass er sich weigerte, sich fotografieren zu lassen. Die Kommissarin hatte inzwischen auf einem Barhocker dicht neben ihrem Gesprächspartner Platz genommen und nippte genussvoll an einem Aperol, während sie süffisant lächelnd ihr *Verhör* fortsetzte.

»Außerdem möchte ich alle, die innerhalb der letzten Stunde die Toilette aufgesucht oder den Hinterausgang benutzt haben und jeden, der meint, sachdienliche Hinweise geben zu können, bitten, zu meiner Kollegin zu kommen. Sie sitzt hier vorn am Tresen und hat jetzt Zeit für Sie!«

Brandauer zeigte auf die Neubert und warf ihr einen kurzen Seitenblick zu. Dann ging er zurück zu den Kollegen, die draußen, hinter dem Restaurant gewartet hatten. Er briefte Hansen, der seine Hände wegen der Kälte tief in seinen Hosentaschen vergraben hatte, worauf er beim Anfertigen der Fotos achten sollte:

»Ich möchte, dass Sie jeden Tisch einzeln fotografieren, Hansen. Und zwar so, dass man die Gesichter der Gäste gut erkennen kann.«

»Alle Tische?«

»Alle!«

»Auch die in den anderen Räumen?«

»Wieso, in den anderen Räumen?«, fragte der Kommissar erstaunt. »Hat das Restaurant noch mehr Räume?«

Brandauer sah Hansen verstört an, machte auf dem Hacken kehrt und ging wieder zurück ins Restaurant. Hansen, erleichtert, dass er wieder reingehen konnte, folgte ihm.

Das Restaurant hatte in der Tat noch zwei weitere Räume, in denen Gäste saßen. Einer davon war nur als

Schankraum eingerichtet. Hier saßen Gäste, tranken und spielten zum Teil Karten.

,Na das kann ja heiter werden', dachte Brandauer, als er sah, dass die Zahl der potenziellen Täter sich schlagartig verdoppelt hatte.

Er dachte kurz nach und sagte zu Hansen:

»Nee, mit den Fotos können Sie sich auf den vorderen Raum beschränken, aber ich will von allen, dass ihre Identitäten festgehalten werden, bevor hier einer geht.«

»Geht klar, Chef.« Hansen machte einen Bückling und ging unverzüglich an die Arbeit, während der Kommissar auch hier mit einer kurzen Ansprache darauf hinwies, dass niemand das Restaurant ohne Erlaubnis verlassen darf. Dann fragte er einen der Kellner, ob es noch weitere Ausgänge gab, was der verneinte.

Er ging wieder zurück an den Tatort und kniete sich noch einmal vor die Leiche, wendete ihren Kopf hin und her und sah Brömel an:

»Irgendjemand muss doch was mitgekriegt haben bei dem Betrieb.«

»Tja, es gibt einige Gäste, die behaupten, dass es zwei Araber gewesen sind. Ich habe mir die beiden Verdächtigen, die im Nebenzimmer an einem der Tische saßen, zeigen lassen.«

»Warum sagst du das nicht gleich? Und wo sind die jetzt?«

»Es gab sofort tumultartige Szenen, mit dem Ergebnis, dass die beiden aufgesprungen sind, einen

Fünfzigeuroschein auf den Tisch geknallt haben und laut schimpfend das Restaurant verließen. Ich musste einige Übereifrige davon abhalten, ihnen hinterherzurennen.«

»Wie hatten die Gäste ihren Verdacht denn begründet?«

Brömel zuckte mit den Schultern.

»Na, weil es Araber waren!«

»Ja super! Waren die beiden Stammgäste oder schon öfter hier?«

»Der Wirt kennt sie. Sie kommen regelmäßig. Meist am Wochenende. Aber heute waren sie wahrscheinlich zum letzten Mal hier.«

»Das denke ich auch.«

Brandauer sah sich noch einmal die tote Frau genauer an. Ihm fiel auf, dass sie keine Handtasche dabei hatte.

»Wissen wir schon, wen wir hier vor uns haben?«

»Wir haben nichts. Keine Papiere, kein Geld, keine Checkkarte, kein Handy – nichts.«

»Was wissen wir überhaupt?«

»Die Dame war bereits gegen 17 Uhr gekommen, hatte zunächst zwei Stück Torte und ein Kännchen Kaffee bestellt und in den Illustrierten gelesen, die den Gästen im Eingangsbereich zur Verfügung gestellt werden.«

Brömel kraulte sich im Bart und überlegte, was er dem Kommissar noch sagen könnte.

»Im Verlaufe des Abends bestellte sie dann noch zwei Aperol und fiel der Bedienung später dadurch auf, dass sie immer wieder zu ihrem Handy griff und wohl einige Nachrichten tippte. Gefunden wurde sie kurz vor acht von einer Küchenhilfe, die hier draußen eine Zigarettenpause machen wollte. Sie fand die Frau zwischen den Müllcontainern liegend.«

Brömel zeigte auf die grauen Container, die an der Hausfassade nebeneinanderstanden.

»Und wo ist die Küchenhilfe jetzt?«

»Sie sitzt in dem kleinen Aufenthaltsraum für die Angestellten, hinter der Küche und wartet auf dich.«

»Und wie kam die Leiche hier her?«, wollte Brandauer wissen und zeigte mit dem Finger auf die Stelle, wo die Leiche jetzt lag.

»Da haben wir sie abgelegt«, meldete sich einer der Sanitäter. »Wir haben sofort wiederbelebende Maßnahmen eingeleitet. Das war in der Enge da hinten zwischen den Containern schlecht möglich. Da wussten wir ja auch noch nicht, dass sie erdrosselt wurde.«

»Verstehe.«

Belmondo erschien mit Hansen im Schlepptau in der Tür.

»Mi scusi. Commissario, aber da wollen einige der Gäste gerne gehen.«

»Hier geht keiner! Jedenfalls nicht, bevor ich mit den Leuten gesprochen habe, und wir von allen die Personalien aufgenommen haben«, erwiderte Brandauer mit resoluter Stimme.

Da hob Hansen im Hintergrund den Arm und meldete sich zu Wort:

»Das mit den Fotos wäre erledigt, Herr Kommissar. Ich nehme dann jetzt die Personalien auf.«

Er nahm Haltung an und salutierte. Das hatte ihm Brömel offensichtlich immer noch nicht abgewöhnen können. Dann folgte er dem Belmondoverschnitt zurück ins Restaurant und gab den Gästen lautstark Anweisungen, sich in einer Reihe aufzustellen. Sofort wurde es unruhig. Als Brömel den schnell anschwellenden Furor vernahm, hielt er inne und beeilte sich, das sich anbahnende Chaos im Restaurant noch abzuwenden. Im Gastraum angekommen, breitete er seine Arme aus und fuhr seinem unerfahrenen jungen Kollegen mit sonorer Stimme in die Parade:

»Ruhe bitte, meine Herrschaften! Mein Kollege hat sich eben leider etwas missverständlich ausgedrückt. Essen Sie in aller Ruhe weiter und lassen Sie sich nicht stören. Wir bitten Sie nur, wenn Sie nachher gehen wollen, dem Kollegen Ihren Ausweis zu zeigen, damit wir Ihre Personalien aufnehmen können. Wir werden uns dann für eventuelle Rückfragen gegebenenfalls in den nächsten Tagen bei Ihnen melden. Im Augenblick müssten bitte alle noch bleiben. Wir sagen Ihnen dann, wenn Sie gehen können. Haben Sie vielen Dank für Ihr Verständnis.«

Die sich aufbauende Woge der Empörung konnte er damit gerade noch in den Griff bekommen, bevor sie sich zu einem Tsunami entwickelt hätte. Man nahm wieder Platz und aß weiter. Die ersten, denen der Appetit vergangen war, reckten ihre Arme in die Höhe und gaben der Bedienung ein Zeichen, dass sie gewillt waren zu zahlen. Vermutlich wollten sie damit der später zu erwartenden Hektik entgehen, wenn alle gleichzeitig zahlen wollen.

Brömel postierte Hansen an einem freien Tisch in der Nähe des Ausgangs und gab ihm noch einmal die Anweisung, niemanden gehen zu lassen, ohne dass er seine Personalien hinterlassen hatte.

»Lassen Sie sich nachher den Personalausweis zeigen und fotografieren Sie ihn einfach ab«, instruierte er seinen jungen Kollegen. »Sollte jemand damit nicht einverstanden sein, schicken Sie ihn wieder zurück auf seinen Platz und sagen Sie, der Kommissar wird ihn oder sie erst noch vernehmen wollen. Sagen Sie am besten gleich dazu, dass das dauern kann, dann werden sie sich das schon noch mal überlegen.«

Dann begab sich Brömel wieder zu den anderen nach draußen.

»Entschuldige, Franz, aber er ist halt noch ein Grünschnabel.«

Der Kommissar musste sich das Lachen verkneifen, weil ihm die Situation von damals wieder einfiel, wo Hansen auf dem Acker an der B167 mit seiner Dienstmütze, die ein Windstoß hatte davonfliegen lassen, Einkriege spielte, und damit wie ein Elefant im Porzellanladen wichtige Spuren am Tatort kontaminierte.

Dann sah Brandauer zu Brömel auf und fragte: »Ist Boerne schon benachrichtigt?«

»Boerne? Du meinst Brenner. Der ist im Urlaub. Wir haben seinen Vertreter angefordert. Die Spusi ist auch informiert. Hat deine Kollegin bereits veranlasst. Die müssten eigentlich gleich hier sein.«

»Wie sieht's aus? Können wir schon abhauen?«, erkundigte sich der zweite Sanitäter, der die ganze Zeit zitternd seinen Einsatzkoffer in der Hand gehalten hatte und schon halb erfroren war.

»Ja ja, gehen Sie nur. Aber lassen Sie uns ein Protokoll Ihres Einsatzes zukommen.«

»Selbstverständlich, Herr Kommissar. Schönen Abend noch.«

Beide führten wie verabredet den Zeigefinger der rechten Hand zum Gruß an die Stirn, öffneten die Tür zum Hintereingang und entschwanden geräuschlos durch das Restaurant und den Haupteingang.

»Wüsste nicht, was alles passieren müsste, damit der Abend noch schön wird«, sinnierte Brandauer und erhob sich. Brömel sah ihn fragend an:

»Kann man sich eigentlich sicher sein, dass hier Fremdverschulden vorliegt?«

»Meinst du, die Frau hat sich ihr Halstuch selbst versehentlich zu eng gebunden, Jochen?«

»Was weiß ich. Hab bisher noch keine erdrosselte Frau gesehen.«

»Die Spuren am Hals sind schon typisch. Genaueres wird uns allerdings erst der Gerichtsmediziner sagen können.«

Brandauer kratzte sich in den Haaren und fuhr fort:

»Zu dumm, dass sich hier keine Fußspuren mehr sichern lassen. Die Sanis haben alles niedergetreten mit ihren lebensrettenden Maßnahmen.«

»Und dann waren sie noch nicht mal erfolgreich«, stellte Brömel lakonisch fest.

Die Tür zum Restaurant öffnete sich einen Spalt und das Gesicht einer alten Dame lugte vorsichtig um die Ecke.

»Entschuldigen Sie, meine Herren, aber ich würde hier draußen gern eine Zigarette rauchen, wenn Sie nichts dagegen haben.«

Die Alte hielt eine Zigarette hoch und machte dabei einen langen Hals. Ganz offensichtlich ging es ihr eher darum, mitzubekommen, was hier vor sich ging.

»Das geht leider nicht, junge Frau. Zum Rauchen müssten Sie ausnahmsweise vor das Restaurant gehen«, sagte Brömel.

»Da wollte man mich aber auch nicht rauslassen«, protestierte sie.

»Dann rauchen Sie halt mal nicht, schöne Frau – ist sowieso ungesund.«

Brömel griff die sich entrüstende Dame am Arm und schob sie sanft wieder zurück. Brandauer hatte sich inzwischen weiter umgesehen und sagte:

»Zumindest kann man einwandfrei erkennen, dass Täter und Opfer durch diese Tür kamen und der Mörder auch durch diese Tür wieder zurück ins Restaurant entkam.«

»Woran machst du das fest, Franz?«, wollte Brömel wissen.

»Tja, das ist halt das Schöne an Schnee. Wo keine Spuren zu sehen sind, kann auch niemand langgelaufen sein. Fliegen wird er ja nicht gekonnt haben.«

Beide sahen sich noch einmal um. Tatsächlich war mit Ausnahme des Bereichs um die Tür und die Müllcontainer, die an der Hauswand standen, die restliche Schneedecke noch absolut jungfräulich. Was nicht weiter verwunderlich war, weil es keinen Grund gab, den Bereich zu betreten. Er war nach allen drei Seiten durch Gebüsch von den angrenzenden Nachbargrundstücken abgegrenzt.

»Das hieße ja, dass der Mörder tatsächlich noch im Restaurant sitzt!«, stellte Brömel treffsicher fest.

»Wenn niemand in letzter Zeit das Restaurant verlassen hat, ja! Haben wir noch ein paar Leute, um den Tatort zu sichern, bis die Spusi hier ist, Jochen?«

»Es ist Sonntag, Franz.«

»Dann stellen wir das Michelinmännchen hier an den Hintereingang, bis die Spusi da ist. Den Vordereingang kann Hansen im Auge behalten«, entschied Brandauer.

Sie gingen wieder rein, an den Toiletten vorbei und standen kurz darauf wieder im Restaurant. Das Geschehen hatte sich halbwegs beruhigt. Allerdings hatte man nicht das Gefühl, dass noch irgendjemand mit großem Appetit aß. Man war mehr damit beschäftigt sich zu unterhalten.

Wahrscheinlich war das hier gerade die Geburtsstätte für erste Verschwörungstheorien, jeder beäugte jeden. Wobei denen, die so aussahen, als könnten sie einen Migrationshintergrund haben, besondere Aufmerksamkeit zu teil wurde. Das war der Augenblick, in dem man hier im Osten nicht mehr gern Ausländer sein wollte.

Beate Neubert, die junge Kommissarin, war weiterhin im Gespräch mit Belmondo, als Brandauer bei ihnen angekommen war. Die Art, wie der sich dümmlich lächelnd mit dem Ellenbogen auf den Tresen aufstützte und zu seiner Kollegin vorbeugte, vermittelte ihm das Gefühl, als würde er sie anmachen wollen.

»Hallo Franz, das ist Herr Mantovani«, empfing ihn die Neubert. »Ihm gehört das Restaurant. Er war zum Zeitpunkt der Tat nicht anwesend. Ich habe ihn angerufen und hergebeten. Er war so freundlich, sofort zu kommen.«

Mantovani reichte Brandauer über den Tresen hinweg grinsend die Hand. Es kostete den Kommissar einige Überwindung, sie nicht zurückzuweisen. Händeschütteln gehörte eh nicht zu seinen Leidenschaften. Und der Wirt war ihm irgendwie unsympathisch. Danach ließ er die Hand sofort wieder in seiner Manteltasche verschwinden, wo sie wahrscheinlich den größten Teil ihres Lebens schon verbracht hatte.

»Sagen Sie, Herr Monteverdi, erwarten Sie heute noch Gäste?«

»Mantovani, Commissario, Mantovani! Ische habe in dere Tate noch zwei Tischbestellungen für 21 Uhre, Commissario«, erwiderte er mit gewollt italienischem Akzent.

»Dann muss ich Sie leider bitten, den Herrschaften abzusagen. Das ist hier jetzt ein Tatort, den heute niemand mehr betreten sollte.«

»Ho capito! Ische verstehe. Darf isch Ihnen etwas anbieten, Herr Commissario, einen Grappa vielleichte?«

»Das ist sehr freundlich Signor Monteverdi, aber ich bin im Dienst.«

Brandauer sah mit einem kritischen Schmunzeln zu seiner Kollegin, die gedankenverloren mit ihrem Drink spielte.

»Einen Espresso vielleichte?«, hakte Mantovani nach.

»Espresso wäre super«, erwiderte er.

»Für Sie auch, Frau Kommissar?« Mantovani hielt sich verunsichert die Hand vor den Mund: »Mi scusi, sagte man eigentlische Frau Kommissar oder Frau Kommissarin in Deutschelande?«

»Das können Sie halten, wie Sie wollen, Giovanni«, und mit einem kecken Blick zu ihrem Chef ergänzte sie noch, »aber ich bleibe bei meinem Aperol, danke.«

‚Ah, Giovanni! Man ist also schon beim Du angekommen‘, dachte Brandauer. ‚Spätestens in ner halben Stunde hat er wahrscheinlich seine Hand in ihrer Bluse.‘

Brandauer arbeitete nun schon seit etwas mehr als zwei Jahren mit seiner hübschen Kollegin zusammen, ohne jemals so etwas wie Eifersucht verspürt zu haben. Zumal beide bis jetzt einvernehmlich, wenn auch unausgesprochen, stets professionelle Distanz zueinander gehalten hatten.

Er hatte ein Mal in seiner beruflichen Karriere den Fehler begangen, sich mit einer Kollegin auf einem Wochenendseminar in München auf eine Affäre einzulassen. Das war so nach hinten losgegangen, dass er sich als gebranntes Kind davor hütete, wieder in solch gefährliches Fahrwasser zu geraten. Auch wenn ihm das bei der jungen hübschen Kollegin zugegebenermaßen nicht immer leicht fiel. Und nun das! Er war mehr als irritiert, als er sich seiner augenblicklichen Gefühlslage gewahr wurde.

»Chef?«

»Ja?«

»Du wirktest gerade irgendwie abwesend. Wie gehts jetzt weiter?«

»Tja, gute Frage, nächste Frage.«

»Ich denke, wir können die Leute nicht ohne jeden Verdacht noch stundenlang festhalten, Franz.«

»Für mich ist im Augenblick noch jeder verdächtig, Beate.«

»Aber du hast gegen niemanden etwas in der Hand. Wir kriegen Ärger, wenn wir die Leute nicht bald gehen lassen.«

»Ich denke, wir werden die Ergebnisse der KTU und der Rechtsmedizin abwarten müssen, bevor wir die nächsten Schritte einleiten können. Warum sind die eigentlich noch nicht hier?«

Brandauer sah auf seine Uhr. Sie zeigte kurz nach neun. Er gehörte zu den wenigen Menschen, die noch eine Uhr trugen und sich von ihr wohl auch dann nicht trennen würde, wenn man die Zeit längst abgeschafft hat. Er wollte gerade zum Vordereingang gehen, um Mantovani-Junior mit seiner neuen Aufgabe vertraut zu machen, da öffnete sich die Tür und die Männer in Weiß mit ihren Alukoffern betraten die Bühne.

»Wo müssen wir hin?«, fragte der Lange, der die Karawane anführte. Brandauer zeigte in Richtung der Toiletten und sagte:

»Da lang, an den Toiletten vorbei und durch den Hinterausgang.«

Die Männer der KTU waren schon fast um die Ecke, da drehte sich der Lange noch einmal um und sagte:

»Ach, Brandauer, du solltest vielleicht mal nach deinem Hund sehen, der macht ganz schön Rabatz.«

»Ach du Schande, den hab ich ja völlig vergessen«, stellte er mit Entsetzen fest. Er sprang auf und lief hinaus zu seinem Wagen. Kaum war er durch die Tür hindurch, hing ihm eine Menschentraube am Hacken, die auf den neuesten Stand gebracht werden wollte. Unter ihnen auch Zeltinger, der Reporter der *Märkischen Allgemeinen*.

»Können Sie mir schon was sagen, Herr Kommissar?«

»Am besten wenden Sie sich morgen an die Pressestelle, Zeltinger. Für die Morgenausgabe käme ja jetzt eh jede Information zu spät. Vielleicht so viel: Hier wird heute jemand nicht mit dem Auto nach Hause fahren, mit dem er hergekommen ist.«

Damit ließ Brandauer den Reporter stehen und ging weiter zu seinem Wagen.

‚Hoffentlich hat der nicht schon die Rückbank vollgepisst‘, dachte er, als er die Tür aufriss. Aber Rolex hatte durchgehalten. Er sprang aus dem Landrover, bewegte sich gemächlichen Schritts auf einen Maserati zu, von dem Brandauer annahm, dass er Mantovani gehörte, und hob das Bein.

»Braver Hund«, konstatierte Brandauer lächelnd. »Das machst du ganz fein.«

Einen Moment lang hatte Brandauer das Gefühl, dass auch Rolex grinste, bevor er wieder in den Rover sprang und sich langmachte.

Der Kommissar ging wieder zurück an die Bar und widmete sich seinem Espresso, der in diesem Moment vor ihm abgestellt wurde. Er nahm vorsichtig einen kleinen Schluck und konstatierte anerkennend, dass er schon schlechteren getrunken hatte.

»Hast du im Gespräch mit dem …«, der Kommissar wackelte mit dem Zeigefinger hin und her, weil ihm der Name schon wieder entfallen war, » … mit diesem Monteverdi noch was rauskriegen können, Beate?«

Die Neubert musste grinsen:

»Mantovani, Chef, Mantovani!«

»Von mir aus«, winkte Brandauer ab.

Die Kommissarin zückte ihr Smartphone, das sie unter anderem als Notizbuch nutzte und machte mit dem Daumen eine scrollende Bewegung, während sie vorlas:

»Fünf Frauen waren zwischen sieben und acht auf dem Klo, hat mir der Barkeeper erzählt. Eine um kurz nach sieben, eine zwischen viertel nach und halb, eine um kurz nach halb und zwei gegen 19 Uhr 45. Keine der Frauen hat irgendwas Auffälliges bemerkt.«

»Nach draußen ist niemand von ihnen gegangen?«

»Nein.«

»Eine der beiden Frauen, die gegen 19 Uhr 45 auf dem Klo waren, war sich sicher, im Gang einen Mann von hinten gesehen zu haben. Konnte aber nicht sagen, ob er von draußen oder vom Herrenklo kam.«

»Konnte sie ihn näher beschreiben?«

»Nur recht ungenau. Er war wohl eher älter, meinte sie.«

Brandauer blickte in die Runde und stellte fest, dass in diesem Raum mindestens zwanzig Männer dieser Beschreibung entsprachen.

»Zu Größe und Kleidung konnte sie keine Hinweise geben?«

»Mittelgroß, dunkler Anzug.«

Der Kommissar sah noch einmal um sich rum. Es waren immer noch etwa zwanzig.

»Dann sollten wir wohl noch die Herren der Schöpfung befragen, wer zur fraglichen Zeit auf der Toilette war«, schlug der Kommissar vor.

»Unbedingt, Chef. Lass uns das sofort machen, die Leute werden langsam unruhig. Die ersten wollen schon gehen, habe ich den Eindruck.«

Brandauer überlegte kurz, wie er es am besten anstellen sollte. Er hatte keine große Lust, schon wieder vor der ganzen Versammlung eine Rede zu halten. Er trank den letzten Rest Espresso, stellte die Tasse ab und sagte zu seiner Kollegin:

»Nee, das kann Hansen auch erledigen, wenn er die Personalien der Leute aufnimmt. Bist du so nett und sagst ihm das, Beate? Ich statte den Leuten von der Spusi lieber noch mal einen Besuch ab.«

Brandauer erhob sich und machte sich erneut auf den Weg zum Hinterausgang. Als er auf Höhe des Herrenklos war, hielt er inne und lauschte. Die Stimmen der Kollegen, die draußen die Spuren sicherten, waren durch die Tür zu hören, wenn auch nicht zu verstehen, weil sie sehr leise sprachen. Allerdings war die Tür nicht verschlossen, sondern nur angelehnt.

Zwischen den Eingängen von Damen- und Herrentoilette hatte man einen Wandhalter für Postkarten angebracht. Er war gut bestückt, überwiegend mit Touristeninformationen und Karten, die mehr oder weniger originelle Sprüche enthielten. Brandauer nahm einige aus dem Ständer und sah sie sich an. *Wer druckt so einen Quatsch*, fragte er sich und steckte sie wieder zurück. Ihm fiel nicht eine Karte ins Auge, die ihn interessiert hätte.

Am Eingang zur Damentoilette angekommen, hielt er noch einmal inne und lauschte. Von hier konnte man deutlich verstehen, was sie sagten. Auch, nachdem er die Hintertür zugezogen hatte, und noch einmal bis zur Damentoilette zurückgegangen war, um zu lauschen, waren ihre Stimmen noch zu vernehmen. Und das, obwohl das Gemurmel aus dem Speisesaal und das Tellerklappern aus der Küche mit ihnen konkurrierte.

Sollte also der Tat noch ein Streitgespräch oder gar Kampf vorausgegangen sein, hätte man von hier aus selbst durch die geschlossene Tür etwas mitkriegen müssen.

Brandauer öffnete die Tür nach draußen, ging hinaus, stupste sich eine Zigarette aus der Schachtel und zündete sie an. Er sah den beiden Kollegen einen Moment lang bei ihrer Arbeit zu. Dann fragte er den Langen, den er bereits von einem früheren Einsatz her kannte:

»Habt ihr schon was?«

»Nur die Gewissheit, dass es Mord war. Ich würde einiges darauf verwetten, dass sie mit ihrem eigenen Tuch erdrosselt wurde.«

,Also wahrscheinlich doch eher ein spontaner Akt', dachte Brandauer. *,Sonst hätte der Täter ja wohl ein eigenes Mordinstrument benutzt.'*

»Sie wurde übrigens nicht hier ermordet.«

»Sondern?«, fragte der Kommissar erstaunt.

»Da drüben zwischen den Müllcontainern. Da haben wir auch ihre Handtasche gefunden. Anschließend hat man sie hier abgelegt.«

»Okay, das wissen wir bereits«, winkte Brandauer ab. »Das waren die Männer vom Rettungseinsatz. Die brauchten Platz für ihre Wiederbelebungsversuche. Wo ist die Handtasche jetzt?«

Der Lange öffnete seinen Alukoffer und fischte aus einer Anzahl von Asservatenbeuteln den heraus, der die Handtasche beinhaltete und gab ihn Brandauer.

»Darf ich?«

»Aber vorsichtig! Wir haben noch keine Fingerabdrücke genommen.«

Brandauer klappte den Deckel der Handtasche behutsam auf und lugte hinein – kein Handy, keine Papiere, kein Geld, nur Gegenstände, ohne die Frauen nicht auskommen, wenn sie unterwegs sind, und ein schmaler Notizblock, wie man ihn in der Gastronomie oft benutzt.

»Seitlich an den Containern konnten wir Fingerabdrücke sichern. Und zwar an Stellen, mit denen man bei normaler Benutzung eher nicht in Berührung kommen würde. Vermutlich hat das Opfer sich gewehrt und da abgestützt.«

»Weiter nichts?«

»Natürlich gibt es Fußspuren und Fingerabdrücke ohne Ende. Aber die werden uns nicht weiterhelfen. Schließlich ist das hier ein halböffentlicher Raum und selbst nach der Tat sind hier schon eine Reihe von

Leuten rumgelaufen und haben Trugspuren verursacht.«

»Könnt ihr schon genauer sagen, wann die Frau ermordet wurde?«

Der Mann von der Spusi versuchte mit dem Zeigefinger den Unterkiefer der Frau zu bewegen, was ihm widerstandslos gelang.

»Bei ihrer jetzigen Körpertemperatur und dem Umstand, dass die Leichenstarre noch nicht begonnen hat, würde ich sagen, dass es eine bis anderthalb Stunden her ist, länger nicht.«

»Beginnt die Leichenstarre bei Minusgraden nicht früher?«

»Nee, umgekehrt! Die Körpertemperatur sinkt schneller ab, aber die Leichenstarre wird verzögert.«

Brandauer sah auf seine Uhr. Sie zeigte 21 Uhr 17.

,*Da die Leiche kurz vor acht gefunden wurde, musste die Tat demnach kurz vorher begangen worden sein* ‘, überlegte er.

»Okay. Ihre könnt die Leiche, wenn ihr fertig seid, dem Gerichtsmediziner überlassen. Der müsste jeden Augenblick hier sein.«

»Macht Brenner das?«

»Nee, der ist im Urlaub. Ich weiß nicht, wer ihn vertritt.«

»Sag ihm, er soll sich die Fingernägel genauer ansehen. Wenn sie sich gewehrt hat, wovon man ausgehen kann, findet er vielleicht Täter-DNA unter den Nägeln.«

»Sag ich ihm.«

Brandauer verabschiedete sich, trat seine Kippe aus und wollte sich schon zum Gehen abwenden, da traf ihn der strafende Blick des Langen.

»Oh sorry, peinlich!«, entschuldigte sich Brandauer verlegen grinsend.

Er bückte sich und sammelte eher unbeholfen seine Kippe und die Asche, die er am Tatort verteilt hatte, auf, überlegte einen Augenblick lang, wohin damit und ließ sie schließlich in seiner Manteltasche verschwinden. Anschließend ging er zurück ins Restaurant. Noch einmal sah er in die Runde. Die Gewissheit, dass unter den Gästen, die er gleich nach Hause gehen lassen musste, auch der Täter war, machte ihm mächtig zu schaffen. Er sah sich alle Gesichter einzeln genau an, auf der Suche nach Hinweisen, die er nicht näher beschreiben konnte. Wer weiß schon, wie ein Mörder aussieht.

War es der gut aussehende junge Kerl, der als Alibi seine schüchterne Freundin mitgebracht hatte und die ganze Zeit ihre Hand hielt, nur um nicht aufzufallen? Oder der ältere Herr, mit der Nickelbrille und den freundlichen Lachfalten, die er sich extra hatte schminken lassen, um nicht sofort als Mörder erkannt zu werden?

Er wurde von seiner Kollegin aus den Gedanken gerissen.

»Chef, die Küchenhilfe sitzt immer noch da und wartet auf dich.«

»Richtig! Die hätte ich beinahe vergessen. Wo sitzt die?«

»Hinter der Küche ist ein kleiner Aufenthaltsraum für die Angestellten. Da wartet sie auf dich.«

Brandauer verschwand durch die Küche und kam erst nach einer Viertelstunde zurück.

»Die ersten Gäste werden langsam sauer, Chef. Sie wollen gehen und drohen damit, ihren Anwalt zu konsultieren.«

»Haben wir von allen Fotos?«

»Von denen im großen Saal ja. Hat Hansen gemacht.«

»Und die Kontaktdaten?«

»Die sollte ja Hansen erst nehmen, wenn sie gehen.«

Brandauer drehte sich zu den Gästen und erhob seine Stimme:

»Wer gehen möchte, kann das jetzt gern tun. Aber stehen Sie jetzt bitte nicht alle gleichzeitig auf und halten Sie für den Kollegen, der am Eingang sitzt bitte ihren Personalausweis bereit.«

Brandauer war nicht überzeugt von dem, was er sagte, aber er wusste auch, dass er keine andere Wahl hatte. Es bestand gegen niemanden so etwas, wie ein Anfangsverdacht und damit hatte er nicht das Recht, jemanden gegen seinen Willen noch länger festzuhalten.

Nach und nach leerte sich der Saal. Zunächst gingen die, die das Geschehen emotional nur schwer verkraften konnten, gefolgt von denen, die da nicht mit reingezogen werden wollten und denen, die sowieso gegangen wären. Geblieben waren zu guter Letzt nur noch diejenigen, die auf eine reißerische Story aus waren und darauf hofften, ihr Bild morgen in der Zeitung zu sehen oder später anderen etwas erzählen zu können.

Gegen 23 Uhr hatte der Spuk ein Ende. Alle Gäste waren gegangen. Die Männer in Weiß hatten ihre Arbeit beendet und das Feld geräumt. Die Leiche hatte man in die Gerichtsmedizin nach Frankfurt Oder überführt. Brandauer und die Neubert saßen im Halbdunkel an der Bar und ließen sich unter halbherzigem Protest von Mantovani ein zweites Mal ihr Grappaglas füllen, während der Junior die Stühle im Saal hochstellte. Morgen würde man schon mehr wissen – oder auch nicht.

Kapitel 2

Als Brandauer im Bett lag und versuchte einzuschlafen, ging ihm der Fall noch mindestens zwei Stunden lang durch den Kopf. Als er dann endlich eingeschlafen war, gingen in der ersten Traumphase sämtliche Gäste dem Opfer gleichzeitig an die Gurgel und stritten sich um sein Halstuch. Es wurde von allen Seiten daran gezogen, bis das Gesicht des Opfers blau angelaufen war. Brandauer schreckte hoch und brauchte eine ganze Weile, bis er wieder einschlief.

Als sein Wecker um 6 Uhr 30 klingelte, war er wie gerädert. Er schlürfte ins Bad, kippte sich eine Fuhre eiskaltes Wasser ins Gesicht und fuhr sich mit den nassen Händen durch die Haare. Das musste fürs Erste reichen. Auch wenn der anschließende Blick in den Spiegel nach mehr verlangte.

Nachdem er sich angezogen hatte, ging er in die Scheune, um seine fünf Hühner zu versorgen und die Eier der letzten Tage einzusammeln. Die lagen wie immer irgendwo in der Scheune verteilt und Brandauer musste aufpassen, dass er sie nicht breittrat.

Er versorgte das ganze Revier mit seinen Eiern, weil er selbst keine aß.

Als er das Büro betrat, war die Neubert gerade dabei, die Fotos, die Hansen geschossen hatte, an der Fahndungswand zu fixieren. Sie hatte zuvor auf der Wand die Räumlichkeiten des Restaurants mit einem breiten Filzstift so skizziert, dass man zusammen mit den Fotos gut erkennen konnte, wer wo gestern Abend gesessen hatte.

»Morgeeen!« Die junge Kollegin war wie immer bestens gelaunt. Er hatte in den zwei Jahren noch nicht einen Tag erlebt, an dem sie morgens schlecht drauf gewesen wäre. Was man von ihm nicht behaupten konnte. Er war der absolute Morgenmuffel und für sein Umfeld morgens manchmal eine Zumutung.

Auch heute brachte er nur einen unverständlichen Brummton zustande. Er stellte die Packung mit den Eiern auf dem Schreibtisch seiner Kollegin ab, die sich dafür mit einem Lächeln bedankte, entknotete seinen Schal und übergab seinen Trenchcoat dem Kleiderständer. Anschließend ging er zur Kaffeemaschine, betrachtete einen Moment lang missmutig sein Konterfei im Spiegel über der Spüle und goss sich Kaffee ein. Er wendete sich, eine Hand wie immer in der Hosentasche, in der anderen die Kaffeetasse der Fotowand zu und sagte nach einer Weile anerkennend:

»Ganz fein hast du das gemacht.«

»Nicht wahr?« Die Neubert machte zwei Schritte zurück, warf ihren langen, eng geflochtenen Zopf mit einer lässigen Handbewegung nach hinten, verschränkte die Arme vor der Brust und bewunderte über das ganze Gesicht strahlend ihre eigene Fleiß-arbeit.

Hansen hatte selbst den Tisch fotografiert, an dem das Opfer gesessen hatte. Auf dem Tisch sah man ein Glas Aperol stehen, etwa halb voll. Daneben lag eine Illustrierte. Auf der Illustrierten lagen ein Paar Hand-schuhe. Über der Stuhllehne hing eine graue Daunen-jacke.

»Wenn du mir jetzt noch sagen kannst, an wel-chem Tisch unser Mörder sitzt ...«

»Das wollte ich eigentlich von dir wissen, Franz. Du bist doch hier der große Zampano.«

»Ach ja? Bin ich das?«

Brandauer war ein exzellenter Profiler und hatte sich bereits in Süddeutschland als solcher einen Namen gemacht, bevor er hierher in den Osten kam. Er besaß ein ausgesprochenes Talent dafür, sich in andere hineinzuversetzen und Situationen zu rekonstruieren.

»Na, dann lass uns mal anfangen.«

Brandauer zog sich seinen Stuhl vor die Foto-wand, setzte sich und starrte auf das Foto des Opfers.

»Lass uns mal als Erstes über das Motiv nach-denken, das der Täter gehabt haben könnte, Beate. Was glaubst du, hatte unser Mörder für einen Grund, diese Frau umzubringen?«

»Sieht im ersten Moment nach Raubmord aus, finde ich.«

»Du meinst, weil man kein Bargeld bei ihr gefunden hat? Ich würde eher sagen, es soll nach Raubmord aussehen, ist aber keiner.«

»Weil ...?«

»Weil der Mörder ihr dann auch den Ring abgezogen hätte, den sie an der linken Hand trug. Der ist einiges wert. Ich frage mich, wo ihr Handy geblieben ist.«

»Na, das wird der Mörder an sich genommen haben.«

»Das hätte er dann getan, wenn er vorgehabt hätte, den Tatort zu verlassen. Aber genau das hatte er nicht vor.«

»Warum bist du dir da so sicher, Chef?«

»Wenn er unmittelbar nach der Tat gegangen wäre, hätte er ihre Handtasche nicht ausgeräumt, sondern sie sich einfach unter das Sakko oder den Mantel geklemmt. Aber er glaubte, dass es unauffälliger wäre, wenn er bleibt. Er hat ihr die Handtasche gelassen, um nicht mit ihr erwischt zu werden. Das gilt auch für ihr Handy. Deshalb vermute ich, werden wir es irgendwo in der Näher des Tatorts finden. Vielleicht in einem der Container.«

»Dann hätte er es ihr ja gleich lassen können, Franz«, wandte die Neubert ein, während der Kommissar zum Telefon ging und die Nummer von Brömel wählte.

»Dann hätte es aber nicht mehr wie ein Raubmord ausgesehen«, konnte er gerade noch entgegnen, dann meldete sich sein Kollege am anderen Ende der Leitung.

»Hallo, Jochen. Sag mal, weißt du, wann die Container in der Stadt geleert werden?«

»Meines Wissens donnerstags, aber ich werde mich vorsichtshalber noch einmal erkundigen. Ich sage dir dann Bescheid.«

»Das wär super, danke dir.«

Brandauer legte auf und gab die Information an seine Kollegin weiter.

»Vielleicht sollten wir erst mal versuchen, rauszukriegen, wer sie war, Franz. Dann beantwortet sich manch andere Frage sicher leichter.«

»Hast recht!«

Brandauer erhob sich, stürzte den Rest seines Kaffees hinunter und schnappte sich seinen Trenchcoat.

»Kommst du?«

»Was hast du vor?«

»Wir fahren noch mal zum Restaurant. Wenn sie mit dem Wagen gekommen ist, müsste der ja noch auf dem Parkplatz stehen, oder?«

Brandauers selbstgefälliges Grinsen ging der Kommissarin manchmal gehörig gegen den Strich. Es gab ihr oft das Gefühl, dumm zu sein. Nur weil sie selbst nicht auf die Idee gekommen war, auch wenn es so nah lag. Aber sie wird es ihm heimzahlen, nahm sie sich vor, und zwar unverzüglich.

Sie verließen gemeinsam das Büro und gingen die Treppe hinunter. Während Brandauer auf den Eingang des Polizeireviers zusteuerte, um das Gebäude zu verlassen, bog die Neubert nach rechts ab.

»Wo willst du hin?«, fragte Brandauer irritiert, der schon die Tür in der Hand hatte.

»Zu Brömel.«

»Was willst du von Brömel?«

»Na, den Autoschlüssel der Toten holen.«

Jetzt setzte sie das gleiche Grinsen auf, mit dem sie ihr Chef vor fünf Minuten brüskieren wollte. Wobei es ja eigentlich klar war. Wenn die Tote mit dem Auto gekommen war, musste sie einen Autoschlüssel gehabt haben und den hatte sie nicht bei sich, als man sie fand. Also musste man ihn in ihrer Jacke gefunden haben, die jetzt zusammen mit den anderen Asservaten im Büro von Brömel lag.

Nach einer Minute stand die Kommissarin wieder vor ihm und ließ mit dem gleichen Grinsen im Gesicht die Schlüssel zwischen Daumen und Zeigefinger haltend klappern.

»Sie war mit einem VW da, Chef.«

Beide stiegen in Brandauers Landrover, der bei den augenblicklichen Straßenverhältnissen die bessere Wahl war, auch wenn es bis zur Königstraße, an deren Ende das Restaurant lag, nur einige hundert Meter waren. Der Schnee war auf dem Bürgersteig zu großen Bergen zusammengeschoben worden und bildete selbst auf den Hauptstraßen eine geschlossene Decke.

Auf dem Parkplatz des Restaurants stand nur ein einziges Auto – ein VW Golf neueren Baujahrs mit Berliner Kennzeichen. Die Neubert öffnete mit der Fernbedienung des Schlüssels den Wagen, griff zum Handy und wählte eine Nummer.

»Hallooo, Neubert hier, Kommissariat Bad Freienwalde. Ich hätte da mal eine Halterabfrage, folgendes Fahrzeug betreffend: B LG 7086 – danke!«

Während der Kommissar das Wageninnere des anthrazitfarbenen Golfs untersuchte und als erstes das Handschuhfach öffnete, ging seine Kollegin langsam auf dem Parkplatz auf und ab und wartete auf die Antwort. Nach einer Weile blieb sie stehen und sagte:

»Dankeee! Sind Sie so gut und leiten die Halterdaten bitte ans Revier weiter? Suuuper, Schönen Tag noch!«

Sie beendete das Gespräch und wendete sich Brandauer zu:

»Der Wagen gehört einer Frau Gruber.«

»Ich weiß.«

»Wie ... ich weiß?«, fragte sie verdutzt.

Brandauer hielt den Fahrzeugschein hoch und las vor:

»Luise Gruber, geboren am 18. Oktober 1959, wohnhaft in 12161 Berlin, Stubenrauchstraße 6.«

Die Neubert rollte mit den Augen und konnte sich nur mit Mühe das Lachen verkneifen.

»Nehmen wir den Wagen gleich mit?«

»Logo! Fahr du, du hast gerade den Schlüssel.«

Die Kommissarin wollte schon einsteigen, da hielt ihr Chef sie am Arm zurück und sagte:

»Warte mal einen Augenblick. Mir kommt da eine Idee. Komm mal mit.«

Er winkte ihr, ihm zu folgen, und stapfte durch den tiefen, mittlerweile bereits verharschten Schnee um das Haus herum, bis sie an den Müllcontainern angekommen waren, wo man das Opfer fand. Hier blieb er stehen und scannte mit den Augen Meter für Meter die Schneedecke ab.

»Wonach suchst du, Franz?«

»Vielleicht können wir es uns sparen, die Müllcontainer nach dem Handy zu durchsuchen. Ich denke, er musste damit rechnen, dass wir das tun würden.«

Nach einer Weile hielt er inne und zeigte mit ausgestrecktem Arm auf eine etwa fünfzehn Meter entfernt liegende Stelle im Schnee, wo die Oberfläche eine Delle aufwies. Er stakste vorsichtig mit großen Schritten bis zu dieser Stelle und suchte in seinen Manteltaschen nach einem Latexhandschuh. Dann griff er in den Schnee und tastete den Boden ab. Nichts!

»Schade, ich hatte gehofft, dass er das Handy vielleicht einfach in den Schnee geworfen hat«, sagte er mit dem Ausdruck größten Bedauerns.

»Kann ja trotzdem sein, Chef. Wenn er es von hier aus bis dahin geworfen hat, ist es wahrscheinlich noch ein stückweit unter der Schneedecke weiter geschlittert.«

Brandauer hob anerkennend den Zeigefinger und tastete sich unter der Schneedecke weiter vorwärts, bis er nach etwa einem Meter triumphierend das Handy zwischen zwei Fingern hochhalten konnte.

»Wer sagts denn.«

Er stakste in den gleichen Fußstapfen wieder zurück und ließ das Handy vorsichtig in den Asservatenbeutel gleiten. Er steckte es in die Manteltasche und öffnete die Container.

»Die Container sollten wir trotzdem durchsuchen, Beate. Vielleicht finden wir da ja ihren Ausweis oder andere Dinge, die sie noch bei sich hatte.«

Erfreulicherweise waren beide Container nur zu etwa einem Viertel befüllt und das zudem ausschließlich mit großen Müllsäcken. Brandauer nahm erst aus dem einen, dann aus dem anderen Container die Beutel und leuchtete den Boden mit seinem Smartphone ab. Es war nichts zu finden, was der Gruber hätte gehört haben können.

Eine halbe Stunde später saßen sie wieder im Büro. Das Handy hatte der Kommissar sofort der KTU übergeben, wo versucht werden sollte, Fingerabdrücke zu nehmen. Wenn die Tat wirklich im Affekt ausgeführt wurde, wie Brandauer vermutete, war die Wahrscheinlichkeit, dass der Täter keine Handschuhe trug und seine Fingerabdrücke auf dem Handy hinterlassen hatte, groß.

Danach sollte Schiller versuchen, den Sperrcode des Handys zu knacken. Schiller war der Mann auf dem Revier, der für alles Technische zuständig war. Er hatte sein Büro – besser gesagt, seine Werkstatt – in der 3. Etage.

Der Kommissar war gespannt, was die Auswertung der Daten, insbesondere der letzten Kommunikationsaktivitäten des Opfers ergeben würden.

Das Foto der Fahrzeughalterin, das man ihnen zugeschickt hatte, brachte die Gewissheit, die sie eigentlich schon hatten: Die Tote war Luise Gruber.

Während sich die Kommissarin frisches Teewasser aufsetzte, machte sich ihr Chef über den letzten Rest abgestandenen Kaffee her, der schon einen leicht verbrannten Beigeschmack hatte. Sie setzten sich an ihre Schreibtische, legten, wie sie es oft taten, wenn sie sich unbeobachtet fühlten, die Beine hoch und überlegten, wie es weiter gehen soll, als das Telefon plötzlich klingelte.

Brandauer ging ran und hörte interessiert zu, was man am anderen Ende der Leitung sagte. Dann bedankte er sich und legte auf. Einen Moment lang sagte er nichts und kratzte sich nachdenklich an der Stirn. Schließlich sah er zur Neubert und sagte:

»Schlechte Nachrichten. Das war Schiller. Es ging um das Handy.«

»Erzähl schon«, drängte die Kommissarin.

»Die KTU hatte keine Fingerabdrücke finden können. Und was noch blöder ist, der Mörder hat die SIM-Karte entfernt, bevor er das Handy weggeworfen hat.«

»Und was schließt du daraus?«

»Der Mörder wollte verhindern, dass wir die Kontaktdaten, die auf der SIM-Karte gespeichert waren, in die Finger kriegen.«

»Das denke ich auch.«

»Der Kellner, der sie bedient hatte, sagte doch, sie hätte öfters Nachrichten in ihr Handy eingegeben. Vielleicht hatte sie ja mit ihrem Mörder an dem Abend Kontakt«, überlegte Brandauer.

»Oder sie erwartete noch jemanden, den sie versuchte zu erreichen.«

»Vielleicht auch das. Es ist schon auffällig, dass sich eine Frau über mehrere Stunden allein in ein Restaurant setzt«, spekulierte er.

»Da ist allerdings was dran. Zum Kaffee und Kuchen, okay. Aber dass sie sich danach noch ein Aperol nach dem anderen bestellte, spricht eher dafür, dass sie noch auf jemanden wartete.«

»Vielleicht ja auf ihren Mörder.«

»Wenn sie tatsächlich kurz vor ihrem Tod über ihr Handy Kontakt mit ihrem Mörder hatte, sollten wir als Nächstes versuchen, ihre Handynummer rauszukriegen«, überlegte die Kommissarin.

»Und wie willst du das ohne die SIM-Karte anstellen, Beate.«

»Da hätte ich eine Idee.«

Die Kommissarin stand auf und verließ das Büro. Kurz darauf erschien sie wieder.

»Kommst du mit?«

»Wohin?«

»Nach Berlin!« Sie winkte lächelnd mit dem Hausschlüssel der Ermordeten, den sie von Brömel bekommen hatte. »Am besten nehmen wir ihren Wagen. Der Tank ist noch gut halb voll«, schlug sie vor.

Nach anderthalbstündiger Fahrt standen sie vor einem Mietshaus aus der Gründerzeit. Mit dem Schlüssel konnten sie sich ungehindert Zutritt zur Wohnung im 2. Stock verschaffen. Eine Alarmanlage gab es Gott sei Dank nicht.

Der erste Eindruck, den sie beim Betreten der Wohnung hatten, war, dass Luise Gruber starke Raucherin gewesen sein musste. Der Nikotingeruch dominierte alles. Während Brandauer in seinem Mantel vergeblich nach einem Taschentuch fahndete, um sich zu schnäuzen, steuerte die Kommissarin zielstrebig auf das Festnetztelefon zu, das auf der Anrichte im Flur stand, und verschaffte sich über das Menü Zugang zu den letzten Anrufen.

»Wen willst du anrufen, Beate?«, fragte Brandauer irritiert und rieb sich mit dem Handrücken die Nase.

»Frau Grubers Handy. Wenn ich zu Hause mein Handy verlegt habe, wähle ich über das Festnetz die Nummer und warte darauf, dass es irgendwo klingelt. Dann lege ich wieder auf. Wir müssen also nur nach einer Handynummer suchen, die öfter mal gewählt wurde, ohne dass jemand abgenommen hat. Da haben wir sie ja: 0178 236 2436, wer sagts denn.«

Die Neubert drückte auf Wahlwiederholung und erhielt nach dem ersten Freizeichen die Rückmeldung:

»Ihr Gesprächspartner ist zurzeit nicht erreichbar.«

Brandauer staunte nicht schlecht über die Pfiffigkeit seiner Kollegin und sagte:

»Dann besorgen wir uns jetzt den Einzelverbindungsnachweis der letzten Wochen.«

»Du weißt wohl, dass du dafür einen richterlichen Beschluss brauchst, Chef.«

»Den sollten wir kriegen. Da habe ich keine Bedenken. Aber wir sollten uns noch ein bisschen bei den Nachbarn umhören. Vielleicht weiß ja jemand im Haus, ob sie Angehörige hatte. Nimm du dir die unteren Etagen vor, ich gehe nach oben.«

»Gute Idee!«

Sie verließen die Wohnung der Toten und klingelten der Reihe nach bei den Nachbarn. Nach fünf Minuten fanden sie sich wieder vor der Wohnung der Ermordeten ein.

»Hast du was rauskriegen können, Franz?«

»Eine alte Dame, die im 3. Stock wohnt, meinte, die Gruber wäre mit einer Frau Steinborn, die unter ihr wohnt, näher befreundet gewesen. Die hätte bei ihr auch immer die Blumen gegossen und sich um ihre Katze gekümmert, wenn sie mal länger weg war. Wahrscheinlich weiß die auch, ob sie noch Verwandte hatte.«

»Mist, ausgerechnet da hat niemand aufgemacht«, stellte die Kommissarin verärgert fest. »Aber wir sollten vielleicht noch mal nach der Katze sehen, Franz.«

Brandauer riss die Arme hoch und machte einen halben Schritt zurück.

»Ohne mich, Beate. Ich bin gegen Katzen hochgradig allergisch.«

»Ach deswegen hast du dir vorhin ständig die Nase gerieben. Aber nach ihr sehen sollten wir trotzdem. Die Vorstellung, dass die hier verhungert, würde ich nicht ertragen. Kannst ja draußen warten.«

Ehe Brandauer noch etwas sagen konnte, hatte die Neubert die Tür aufgeschlossen, verschwand in der Wohnung und rief in allen Räumen nach der Katze:

»Miez, Miez, Miez.«

Der Kommissar konnte sich nicht verkneifen, sich währenddessen noch einmal im Flur umzusehen. Auf der Kommode lagen neben dem Telefon allerhand geöffnete Briefe: überwiegend Rechnungen und Reklame. Keine Hinweise, die auf den ersten Blick hätten weiterhelfen können. Er griff sie dennoch und dazu das Telefonregister, das neben dem Telefon lag, und sah zu, dass er so schnell wie möglich wieder aus der Wohnung kam. Die erste Niesattacke bahnte sich schon an.

Die Kommissarin kam ohne Katze, aber dafür mit einem PC, den sie im kleinsten der drei Zimmer gefunden hatte, wieder zurück.

»Ich denke, den sollten wir mitnehmen, oder.«

»Auf alle Fälle«, wollte Brandauer sagen, kam aber nur bis ‚alle‘, dann konnte er den Niesanfall nicht mehr zurückhalten. Explosionsartig schoss es drei, vier Mal aus ihm heraus, so laut, dass es wohl in allen Etagen des Hauses zu hören war.

Die Kommissarin griff im Flur noch einmal nach dem Telefon der Toten und notierte sich die letzten Nummern, die Frau Gruber vom Festnetz aus gewählt hatte. Sie beschloss schon zu gehen, da hörte sie aus dem Bad ein Geräusch. Als sie die Tür öffnete, stand plötzlich die Katze vor ihr und sah sie mit großen Augen an.

»Ja, Miezi!«, säuselte sie und war bereits am Boden, um das Tier zu liebkosen. Kurz darauf hatte sie das getigerte Kätzchen auf dem Arm und erschien mit ihm im Hausflur.

»Guck mal, Chef, wie niedlich die ist. Die ist noch ganz jung. Die können wir unmöglich hier lassen, Franz, die verhungert ja.«

Und schon hatte sie angefangen, das Tier zu knuddeln.

»Ich habe eine Katzenallergie, Beate. Was glaubst du, warum ich hier rumniese.«

Und schon explodierte er wieder.

»Aber wir können sie doch nicht einfach hierlassen, Franz.« Die Neubert sah ihn entgeistert an. »Das können wir doch nicht einfach machen.«

Und als müsste sie die Katze beruhigen, weil sie ja alles mitgehört hatte, fing sie wieder an, sie zu herzigen und mit ihr zu reden:

»Ne, meine Süße, jo, ne, wir lassen dich nicht allein, du Süße, du. Mein Gott, du bist aber auch süß!«

Brandauer winkte ab, rollte mit den Augen und gab sich geschlagen. Als sie am Wagen angekommen waren, öffnete er die Heckklappe und wartete.

»Was wird das jetzt, Franz? Du willst nicht ernsthaft, dass ich die Katze allein im Kofferraum einsperre. Die ängstigt sich ja zu Tode.«

»Kannst ja mit dazu steigen.«

»Das war jetzt nicht ernst gemeint, oder?«, empörte sich die Kommissarin.

Brandauer versuchte alles, um das drohende Unheil abzuwenden, aber es würde nicht seine erste Niederlage werden. Zwei Beziehungen waren seiner Allergie schon zum Opfer gefallen. Beide Male hatten sich die Frauen letztendlich für ihre Katzen und damit gegen eine Beziehung mit ihm entschieden. Auch die Schlacht heute sollte er verlieren.

Wenig später war man auf dem Weg zurück nach Bad Freienwalde. Brandauer fuhr, mit rot unterlaufenen Augen und anschwellenden Nasenschleimhäuten. Auf der Rückbank amüsierte sich die Neubert mit der Katze. Den Rest des Tages nahm er sich frei.

Kapitel 3

Nachdem er seine Kollegin im Polizeirevier abgesetzt hatte, stieg er in seinen Landrover, fuhr zur Apotheke und deckte sich mit Cetirizin- und Salbutamoltabletten ein. Die hatte er zwar nie besonders gut vertragen, doch waren ihm die Kopfschmerzen allemal lieber als die verquollenen Augen und die permanente Atemnot.

Zu Hause nahm er sofort ein Dampfbad und legte sich anschließend in seinen Sessel, um zu entspannen. Rolex hatte sofort erkannt, in welcher Verfassung sein Herrchen war und wich ihm nicht von der Seite. Nicht einmal die Zigaretten schmeckten ihm.

‚*Was für eine Scheiße*‘, dachte Brandauer. Der augenblickliche Ermittlungsstand ließ es eigentlich nicht zu, dass er sich jetzt ausklinkt, aber er war für den Rest des Tages zu nichts mehr zu gebrauchen. Er schloss die Augen und versuchte abzuschalten. Doch es gelang ihm nicht. Das Bild von der erdrosselten Frau im Schnee bekam er einfach nicht aus dem Kopf.

Immer wieder stellte er sich in unterschiedlichen Spielarten vor, wie der Mörder ihr nachstellte, sie durch den Hintereingang nach draußen drängte und sie dort mit ihrem eigenen Halstuch erdrosselte, bis sie sich nicht mehr bewegte und zwischen den Containern in sich zusammensackte.

War der Täter ein Mann oder eine Frau? Und was tat der Mörder danach? Für gewöhnlich würde ein Mörder den Tatort so schnell wie möglich verlassen. Das wäre in dem Fall aber zu auffällig gewesen. Schließlich war dies auch die erste Frage, die die Kommissarin dem Mantovani stellte. Es hatte nach Aussage des Geschäftsführers aber niemand mehr nach 20 Uhr das Restaurant verlassen, hätten ihm seine Angestellten bestätigt. Der Mörder war also demnach einfach geblieben und hatte sich wieder an seinen Platz gesetzt, als wenn nichts passiert wäre.

Die Wirkung der Tabletten ließ schon wieder nach. Brandauer ging in die Küche, nahm sich ein Glas Wasser und schluckte eine weitere Salbutamol. Dann setzte er sich wieder und dachte weiter nach.

In welcher Beziehung standen Täter und Opfer zueinander? Kannten die sich überhaupt?

»Die sitzen zur gleichen Zeit im selben Restaurant an verschiedenen Tischen«, überlegte er laut, »bestellen Essen und Getränke. Plötzlich geht das Opfer auf die Toilette, der Täter folgt dem Opfer, zerrt es durch den Hintereingang nach draußen und erdrosselt es, setzt sich wieder und isst entspannt weiter?«

Brandauer kriegte das Szenario nicht auf die Reihe. Er brauchte dringend jemanden, mit dem er seine diffusen Gedanken austauschen konnte.

Eine halbe Stunde später erschien er wieder im Büro.

»Mein Gott, wie siehst du denn aus?«, begrüßte ihn die Neubert erschrocken.

Seine Kollegin führte ihre rechte Hand zum Mund, einerseits vor Entsetzen, andererseits, weil sie sich das Lachen verkneifen musste. Brandauer sah sich unsicher um.

»Ist die Katze etwa hier?«

»Nee, keine Angst, die ist gerade bei meiner Nachbarin.«

Brandauers Antlitz gab ein groteskes Bild ab. Mit seinen verquollenen Augen sah er aus, als hätte er nach zwölf hart umkämpften Runden gerade als Verlierer einen Boxring verlassen. Wäre sein roter Schal weiß gewesen, hätte dies das Bild eines entkräfteten Boxers noch besser abgerundet. Er machte eine wegwerfende Handbewegung und setzte sich.

»Sieht schlimmer aus, als es ist. Ist morgen wahrscheinlich wieder weg.«

»Oh Mann, tut mir echt leid. Hättest du doch was gesagt.«

»Hallo? Was meinst du, warum ich die Heckklappe aufgehalten hatte, Beate«, empörte sich der Kommissar. »Wenn du das nächste Mal unbedingt eine Katze retten musst, krieche ich da hinten selbst rein und lasse dich fahren.«

Aber genauso schnell, wie er sich erregt hatte, kühlte er sich auch wieder ab. Er stand noch einmal auf, hing seinen Mantel an die Garderobe, entknotete seinen Schal und goss sich den Rest Kaffee ein, der noch in der Kanne war.

»Warte, ich mache dir Frischen. Der ist noch von heute früh.«

Die Neubert hatte offensichtlich das Gefühl, etwas wieder gut machen zu müssen. Sie sprang auf, nahm ihm die Tasse aus der Hand und goss den Kaffee in den Ausguss. Während sich Brandauer wieder setzte, bereitete sie alles Nötige für einen frischen Kaffee vor und sagte:

»Ich habe inzwischen ein bisschen recherchiert, Chef.«

»Erzähl!«

»Ich hatte mir doch die letzten Nummern notiert, die die Gruber vom Festnetz aus angerufen hatte.«

»Und?«

»Sie hatte ein Telefonat mit dem Finanzamt kurz vor den Weihnachtsfeiertagen, eines mit ihrer Fußpflege am 4. Januar und zwei mit ihrem Ex in der letzten Woche.«

»Interessant.«

»Dann habe ich noch rausgekriegt, dass sie bis vor Kurzem als PTA in einer Apotheke in Berlin-Wilmersdorf gearbeitet hatte und seit November in Rente war.«

»Was macht eine PTA?«

»PTA steht für Pharmazeutisch-Technische Assistentin, also eine Art Hilfskraft für den Apotheker. Aber sag mir lieber, warum du nicht zu Hause geblieben bist, Chef.«

»Ich kriege das nicht auf die Reihe, Beate.«

»Meinst du den Mord?«

»Das ist doch alles völlig irre, oder?«

»Allerdings, ich habe mich vorhin gefragt, wie es dem Mörder gelungen ist, die Frau nach draußen zu zerren, ohne dass sie sich gewehrt hat oder laut wurde. Immerhin sind es von der Damentoilette bis zum Hinterausgang ungefähr 15 Meter. Eigentlich genug Zeit, um auf sich aufmerksam zu machen.«

»Guter Gedanke, Beate, aber vielleicht musste sie gar nicht rausgezerrt werden, sondern war bereits draußen.«

»Wie meinst du das?«

»Erinnerst du dich an den intensiven Nikotingeruch in ihrer Wohnung?«

»Du meinst, sie wollte gar nicht auf die Toilette, sondern nach draußen, eine rauchen?«

»Wäre doch denkbar. Ist der Bericht von der KTU schon da?«

»Bis jetzt noch nicht.«

»Dann lass uns noch mal runtergehen zu Brömel und nachsehen, was man alles in ihren Taschen gefunden hat.«

Brandauer erhob sich, und beide machten sich auf den Weg zur Wache im Erdgeschoss. Sie klopften nur kurz an und traten unaufgefordert ein.

Offensichtlich machten Hansen und Brömel gerade Brotzeit. Beide hatten ihre Brote ausgewickelt vor sich zu liegen, als die Tür aufging.

»Oha! Mit wem hattest du denn Ärger, Franz?«

»Halb so wild, Jochen. Du müsstest mal sehen, wie der andere aussieht.«

»Allergie?«

»Katze«

»Kacke!«

»Du sagst es.«

Brömel biss beherzt in seine Käsebemme. Brandauer schob die andere Hälfte seines Brotes, die vor ihm auf dem Schreibtisch lag, mit dem Zeigefinger dezent beiseite, setzte sich, wie es seine Art war, mit einer Gesäßhälfte auf Brömels Schreibtisch und drehte dessen Familienfoto zu sich. Ein eingespieltes Ritual, auf das beide nicht mehr verzichten wollten.

»Pfoten weg!«

Brömel haute ihm mit der freien Hand auf die Finger und drehte das Foto wieder zu sich zurück.

»Was kann ich für euch tun, Franz?«

»Es geht um den Fall Gruber, Jochen. Was habt ihr alles bei der Toten gefunden?«

Brömel legte sein Brot ab, hievte seine 120 Kilogramm schwerfällig aus seinem Schreibtischsessel hoch und schleppte sie zu einem der Aktenschränke. Er kam mit einer Kiste zurück, in der diverse Plastiktüten unterschiedlicher Größe lagen.

»Hier, sieh selbst nach, Franz.«

Brandauer nahm eine Tüte nach der anderen aus der Kiste und sah sich deren Inhalt an: eine Handtasche, ein Paar Handschuhe, eine angebrochene Packung *Fisherman's friend*, ein Päckchen Taschentücher, ein Füllfederhalter, eine angebrochene Packung Zigaretten, ein goldener Ring, ein Einwegfeuerzeug, ein kleiner Handspiegel, ein Lippenstift, ein Kajalstift, ein Kamm, eine Brieftasche ohne Inhalt, zwei Paar Schlüssel und eine Plastiktüte.

»Weißt du, ob sie von allen Gegenständen Fingerabdrücke genommen haben. Jochen?«

»Ich nehme es mal stark an, aber das sollte in ihrem Bericht vermerkt sein.«

Brandauer hielt den Asservatenbeutel mit der Plastiktüte hoch.

»Was ist da drin, Jochen?«

»Ein weißes Stofftuch. Die Tüte hing unter ihrer Jacke am Stuhl.«

Der Kommissar öffnete den Beutel und entnahm einer LIDL-Tüte ein weißes Leinentuch von der Größe eines Geschirrhandtuchs.

»Was hatte sie denn damit vor?«

Brandauer wendete es mehrfach hin und her und sah seine Kollegin fragend an.

»Vielleicht hatte sie es vorher bei LIDL gekauft«, überlegte sie.

Brandauer rieb den Stoff ein paar Mal zwischen Daumen und Zeigefinger. Dann führte er das Tuch zur Nase und roch daran.

»Für mich ist das nicht neu. Dann wäre auch bestimmt noch irgendein Etikett dran, denke ich. Könnten Sie das bitte sicherheitshalber mal checken, Hansen, ob bei LIDL gerade Handtücher im Non-Food-Segment angeboten werden.«

»Klar, Herr Kommissar!«

Hansen war aufgesprungen, hatte seine Dienstmütze gegriffen und wollte schon gehen, da bremste die Neubert ihn aus.

»Was haben Sie vor, Hansen?«

»Na, zu *LIDL* gehen.«

Die Kommissarin dachte, sie hört nicht richtig.

»Hansen, so etwas klärt man heutzutage im Internet ab!«

Hansen nahm seine Dienstmütze wieder ab, schlug sich an den Kopf und setzte sich wieder.

»Natürlich, Frau Kommissarin, wie blöd von mir.«

Er legte die Mütze beiseite, zog sein Handy aus der Hosentasche und öffnete die App, die er bereits für den privaten Gebrauch runtergeladen hatte. Mit ihr hatte er sofort Zugriff auf die aktuellen Angebote.

»Wo ist das Handy der Gruber gerade, Jochen?«, fragte Brandauer.

Brömel hatte gerade noch einmal von seinem Brot abgebissen und den Mund voll. Deshalb fiel seine Antwort nur sehr knapp aus.

»Bei Schiller.« Beim Beantworten der Frage landeten einige Brotkrumen auf seinem Schreibtisch, die er dezent mit dem Handrücken auf den Fußboden schob. Der Kommissar nahm sich noch einmal den Beutel mit dem Feuerzeug.

»Kannst du mir sagen, welche Sachen sie bei sich hatte und was man davon in ihrer Handtasche und was in ihren Jackentaschen gefunden hatte?«

Brömel tippte kauend mit dem Zeigefinger auf das Etikett, das auf dem Beutel klebte.

»Steht alles drauf, Franz.«

Brandauer sah genauer hin. Brömel hatte recht.

»Tja, wer lesen kann, ist deutlich im Vorteil«, musste er eingestehen. Der Kommissar sah sich die Etiketten genau an und reichte die Tüten an seine Kollegin weiter, die sie ebenfalls inspizierte. Hansen war es inzwischen gelungen, mithilfe seiner App das aktuelle Non-Food-Angebot von LIDL zu checken. Handtücher waren nicht dabei.

»Das Feuerzeug fand man draußen. Die Zigaretten waren in ihrer Jackentasche, die über dem Stuhl hing«, kommentierte Brandauer nachdenklich das, was er den Etiketten gerade entnommen hatte.

Dann bedankten sie sich bei ihren Kollegen, wünschten auch Hansen noch einen schönen Tag und gingen hoch zu Schiller. Der zerlegte gerade einen PC in seine Einzelteile, als sie seine Werkstatt betraten.

»Hallo Schiller. Gibts was Neues vom Handy der Gruber?«, eröffnete Brandauer das Gespräch.

»Hallo Franz, wer hat dich denn so zugerichtet? Hallo Beate.«

»Katzenallergie, ist morgen wieder weg – hoffentlich.«

»Es gibt nicht wirklich was Neues. Das Handy war zuletzt im WLAN-Netz des Restaurants eingeloggt und hat sich um 19 Uhr 43 aus dem Netz abgemeldet. Für die Einzelverbindungsnachweise habe ich noch kein grünes Licht bekommen. Das Gerät selbst hat einen Wasserschaden, was bedeutet, dass ich ohne die SIM-Karte an nichts rankomme.«

»Mist. Aber demnach kann man etwa 19 Uhr 40 als Tatzeit vermuten, denke ich. Wenn du den Nachweis über die Einzelverbindungen hast, gib uns bitte Bescheid.«

»Mach ich.«

Beide Kommissare gingen wieder zurück an ihren Arbeitsplatz. Brandauer goss sich endlich seinen Kaffee ein, setzte sich an seinen Schreibtisch und überlegte laut:

»Das Feuerzeug hatte sie bei sich. Womit klar ist, dass sie tatsächlich nicht aufs Klo wollte, sondern nach draußen, um eine zu rauchen. Man fand es zwischen den Containern. Sie wird es in der Hand gehabt haben und hat es im Kampf dann fallen gelassen. Die Zigaretten fand man in ihrer Jackentasche, die über dem Stuhl hing. Ich vermute, sie hatte sich nur die eine Zigarette aus der Schachtel genommen, die sie rauchen wollte.«

»Wir müssen auf den Bericht der KTU warten, ob die irgendwelche Kippen gefunden haben«, stellte die Neubert fest. »Wenn wir Glück haben, hat auch ihr Mörder eine Zigarette geraucht, bevor er die Gruber erdrosselt hat.«

Brandauer hatte keine Lust mehr, länger zu warten. Er griff zum Telefon und wählte eine interne Nummer.

»Hallo, Brandauer hier. Habt ihr euren Bericht schon fertig vom Restaurant Stadtmitte? ... Super ...Danke!«

Brandauer legte wieder auf.

»Ist gerade unterwegs«, erklärte er seiner Kollegin. Im gleichen Augenblick begann das Faxgerät im Hintergrund zu rattern.

Nachdem sie sich den Bericht der KTU durchgelesen hatten, war klar, dass sie mit ihrer Vermutung richtig lagen. Eine der Kippen, die man am Tatort fand, war von Luise Gruber. Sie war etwa zur Hälfte aufgeraucht und dicht hinter dem Filter abgebrochen aber nicht ausgetreten worden. Man fand noch weitere Kippen, von denen man DNA-Spuren sicherstellen konnte und die Möglichkeit, dass eine dem Mörder gehört haben könnte, war nach wie vor gegeben.

Brandauer begann wieder, durch das Büro zu tigern. Wenn er vor dem Fenster angelangt war, machte er kurz halt und sah einen Moment raus. Dann machte er auf dem Hacken kehrt und ging zurück bis an die Fotowand. Dort wiederholte sich das Schauspiel. Die Neubert saß mit verschränkten Armen hinter ihrem Schreibtisch und sah ihm angespannt zu, als es plötzlich aus ihm heraus zu sprudeln begann.

»Ich stelle mir das so vor, Beate: Die Gruber hat sich eine Zigarette aus der Schachtel genommen, ist aufgestanden, hat ihr Feuerzeug und ihre Handtasche mit dem Handy und ihrer Brieftasche gegriffen und ist zum Hinterausgang gegangen, um eine zu rauchen.

Der Mörder ist ihr nach einigen Minuten gefolgt, hat sie zwischen die Müllcontainer gezwängt und erdrosselt und ihr die Papiere und das Geld abgenommen. Ich bin mir ziemlich sicher, dass dem keine längere Auseinandersetzung vorausging.«

»Weil ...?«, wollte die Neubert näher erläutert haben.

»Zum einen, weil niemand etwas gehört hatte. Zum anderen, weil sie ihre Zigarette nur zur Hälfte aufgeraucht hatte, Beate. Die Frau war starke Raucherin. Die hätte die Zigarette nicht freiwillig nach drei Zügen in den Schnee geworfen. Die Zigarette ist ihr dicht hinter dem Filter abgebrochen. Als der Mörder ihr an die Wäsche gegangen ist und sie sich wehren musste, ist sie ihr aus der Hand gefallen und dabei zerbrochen.«

Brandauer machte eine kurze Pause und sah seine Kollegin prüfend an.

»Möglich.«

Überzeugt hatte er seine Kollegin damit offensichtlich nicht.

»Nach der Tat hat er die SIM-Karte aus ihrem Handy entfernt und das Handy im hohen Bogen in den Schnee geworfen, wo man es erst nach Wochen gefunden hätte ...«

» ... wenn der geniale Kommissar Brandauer nicht wäre«, unterbrach ihn die Neubert.

»Richtig!«, Brandauer lächelte und fuhr fort:

»Denn hätte er das Handy in einen der Container geworfen, hätte er damit rechnen müssen, dass wir es da finden. Wahrscheinlich hat er die SIM-Karte und ihre Dokumente direkt ins Klo geworfen und runtergespült. Er ist wieder zurück an seinen Platz gegangen und hat so getan, als wäre nichts passiert.«

»Ich glaube, ich hätte gezahlt und wäre gegangen«, sagte die Neubert.

»Und weil er genau das nicht tat, könnte ich mir vorstellen, dass er vielleicht nicht allein war. Sonst hätte er erklären müssen, warum er so überstürzt gehen will.«

»Klingt logisch«, gestand seine Kollegin.

»Und außerdem hätte mir dein Giovanni auf meine Frage, ob jemand gegen 20 Uhr das Restaurant verlassen hat, gesagt:

‚Si, commissario, una bella bionda, mit einem wunderschönen langen Zopfe iste ganze plötzlich gegangene, hatte meine Geschäftsführer mir gesagte.‘

Und dann müsste ich dir jetzt Handschellen anlegen.«

Die Kommissarin errötete leicht und gestand ein:

»Okay, er hätte sich verdächtig gemacht, wenn er direkt nach der Tat gegangen wäre.«

Erneut hockten sie vor der Fotowand und starrten auf die Fotos der Gäste. Hinten links in der Ecke stand der Tisch der Ermordeten. Davor der Tisch mit dem älteren Ehepaar, daneben der mit drei jungen Mädel. Davor saß ein einzelner älterer Herr. Auf der rechten Seite waren vier oder fünf Tische zu einer langen Tafel zusammengestellt, an denen an die fünfzehn Personen saßen. Alle etwa im ähnlichen Alter, vielleicht zwischen 60 und 70.

Brandauer ging noch dichter heran und tippte mit dem Zeigefinger auf eines der Fotos.

»Kommt dir der auch irgendwie bekannt vor?«

Er zeigte auf einen der Herren, die mit dem Rücken zum Geschehen an der langen Tafel saßen.

»Ist das nicht ein Schauspieler?«, überlegte er.

Auch die Kommissarin ging dicht an das Foto und überlegte eine Weile.

»Stimmt, kommt mir auch irgendwie bekannt vor. Aber Schauspieler?«

Der Mann trug einen grauen Anzug, hatte grau meliertes Haar und trug eine Designerbrille.

»Ich wäre eher bei Reporter«, sagte sie nach einer Weile. »Habe irgendwie ein Bild vor Augen, wo er in ein Mikrofon spricht.«

»Wir könnten Hansen fragen. Der hat doch von allen die Personalien aufgenommen.«

»Nee, lass mich noch ein bisschen überlegen. Ich will da selbst drauf kommen, Franz.«

»Okay, ist ja jetzt auch egal«, winkte Brandauer ab und wendete sich den anderen Fotos zu.

An den anderen Tischen, die besetzt waren, saßen mit einer Ausnahme durchweg Pärchen. Brandauer zeigte auf das Foto mit dem einzelnen Herren.

»Was ist mit dem hier, Beate?«

»Stammgast. Kommt seit Jahren jeden Sonntag. Sitz immer am gleichen Tisch. Bestellt immer das Gleiche.«

»Mein Gott, wie langweilig.«

Brandauer rollte mit seinem Stuhl wieder ein Stück zurück, ohne die Fotos aus dem Blick zu verlieren. Er stutzte einen Augenblick, dann stand er auf und ging wieder dichter an die Fotowand heran.

»Was hat es eigentlich mit den farbigen Punkten neben den Fotos auf sich?«

»Ich dachte, es könnte von Interesse sein zu wissen, wer von den Gästen einen Tisch reserviert hatte und wer nicht.«

»Warum das?«

»Na, glaubst du, dass der Mörder einen Tisch reserviert hatte?«

»Keine Ahnung. Hatte das Opfer einen Tisch reserviert?«

»Nee, eben nicht!«

Brandauer drehte seinen Kopf langsam zu seiner Kollegin und raunte ihr zu:

»Sie sind ja richtig schlau, Frau Oberkommissarin.«

Die Neubert hob das Kinn an und konterte:

»Hatten Sie etwa je etwas anderes gedacht, Herr Hauptkommissar?«

Brandauer grübelte weiter:

»Okay, ... wenn das Opfer keinen Tisch reserviert hatte, ... dann hatte ihr Mörder wahrscheinlich auch keinen reserviert.«

Plötzlich klatschte er sich mit einer Hand auf den Oberschenkel und sprang auf.

»Lass uns mal Struktur in die Sache bringen, Beate.«

Er begann, im Raum langsam auf und ab zu gehen, sah sie erwartungsvoll an und fragte:

»Sind wir uns darin einig, dass es kein Raubmord war, Beate?«

»Da gehe ich mit.«

»Super. Ich bin mittlerweile davon überzeugt, dass die Tat nicht im Affekt erfolgt ist.«

»Weil ...?«

»Weil dem Mord dann unmittelbar ein Konflikt vorausgegangen wäre. Den hätten die anderen Gäste aber mitbekommen. Ich habe es überprüft. Man hätte es vor den Toiletten deutlich gehört, wenn draußen Menschen gestritten hätten. Der Mörder ist ihr also gleich nachdem er durch die Hintertür war an den Kragen gegangen. Dafür spricht auch die nur angerauchte Zigarette. Richtig?«

»Wahrscheinlich.«

»Er hatte also zu dem Zeitpunkt, als er rausging, bereits vor, sie umzubringen.«

»Könnte man meinen.«

»Da es auch im Restaurant vorher keine Auseinandersetzung gab, kann man davon ausgehen, dass er bereits mit der Absicht, sie umzubringen, das Restaurant betreten hat.«

»Klingt irgendwie logisch.«

»Er sucht sich einen Platz, bestellt sich etwas und wartet auf seine Gelegenheit. Die hat er nur, wenn die Gruber rausgeht, um eine zu rauchen.«

»Wo sonst sollte er sie umbringen.«

»Richtig! Draußen, hinter dem Restaurant ist der einzige Ort, wo er die Tat ungestört begehen kann. Er weiß, dass sie starke Raucherin ist. Er kennt sie also. Er weiß, dass sie irgendwann rausgehen wird. Anderenfalls hätte er sich einen anderen Ort für die Tat ausgesucht.«

»Noch kann ich dir folgen.«

»Wir waren uns bereits einig, dass der Mörder seinen Tisch nicht vorab hat reservieren lassen.«

»Auf keinen Fall.«

»Dann lass uns mal alle Fotos von den Gästen umdrehen, die an reservierten Tischen saßen.«

Sie gingen an die Fotowand und machten sich an die Arbeit. Anschließend betrachteten sie das Ergebnis. Die, die übrig geblieben waren, sahen dadurch nicht unbedingt verdächtiger aus, fanden sie.

»Was hast du eigentlich noch alles mit dem Monteverdi gestern Abend bequatscht?«

»Mantovani, Franz, Mantovani!«

»Dann halt Mantovani, mein Gott.«

»Ich habe versucht, ihn ein bisschen gefügig zu machen«, erwiderte sie lächelnd.

»Das habe ich gesehen. Ich fand, er hatte sich ganz schön gefügt! Und was heißt das konkret?«

»Ich hatte ihn unter anderem gefragt, wer von den Gästen zu seinen Stammgästen gehörte und wer zum ersten Mal da war.«

»Und?«

Brandauer sah gebannt auf die Fotowand und seine Kollegin erklärte ihm:

»Die mit den blauen Punkten sind Stammgäste, die mit den gelben waren nur gelegentlich oder zum ersten Mal da.«

»So langsam kriege ich das Gefühl, du weißt längst, wer der Mörder ist, Beate. Du wirst mir allmählich unheimlich. Aber lass uns weitermachen. Langsam beginnt mir das Spiel zu gefallen. Sind wir uns einig, dass der Mörder nicht zu den Stammgästen gehörte?«

»Auf jeden Fall.«

Auch die Fotos der verbliebenen Stammgäste wurden noch umgedreht. Es wurde deutlich übersichtlicher.

»Wie würdest du dich hinsetzen, wenn du den Augenblick, wo die Gruber rausgeht, nicht verpassen willst, Beate?«

»Ich würde mich so setzen, dass ich sie jederzeit im Blick habe. Ich denke nicht, dass sich der Täter ständig nach ihr hat umdrehen wollen.«

»Dann lass uns mal auch die Fotos der Gäste umdrehen, die mit dem Rücken zu ihr gesessen haben.«

Viele blieben nicht mehr übrig. Der ältere Herr mit der Nickelbrille und seine Frau und der Tisch mit drei jungen Frauen, die in die Kamera lächelten und sich zum Wochenausklang eine *Soljanka nach Mama Art* gönnten. Beide Kommissare sahen eine gefühlte Ewigkeit auf den Fang, den sie gerade gemacht hatten. Dann konstatierte Brandauer:

»Verdächtige sehen anders aus.«

Die Neubert sah ihren Chef verunsichert an.

»Wie sicher bist du dir eigentlich, dass es ein Mann war, Franz?«

»Sehr sicher. Die Gruber war eine recht kräftige Person, selbst für ihr Alter. Gegen eine Frau hätte sie mehr Gegenwehr geleistet, glaube ich.«

Die Kommissarin drehte die letzten verbliebenen Fotos um, auf denen Frauen zu sehen war. Übrig blieb nur noch der ältere Herr mit der Nickelbrille und den freundlichen Lachfältchen. Sie nahm das Foto ab und sah sich den Mann genauer an.

»Dem Typ würde ich sofort einen Antrag machen, wenn er vierzig Jahre jünger wäre.«

»Ich auch, ... wenn er eine Frau wäre«, gestand Brandauer. »Frau Oberkommissarin, ich fürchte, an unserer Theorie ist was faul.«

Er griff zum Telefon und rief Brömel an.

»Hallo Jochen, gibst du mir bitte mal Hansen.«

Es dauerte einen Augenblick, bis Hansen am Telefon war.

»Sagen Sie, Hansen, wie sicher sind Sie, dass alle Gäste im Saal waren, als Sie die Fotos gemacht haben? ... Okay, super! ... Sind Sie mal so nett und drucken die Fotos von den Personalausweisen aus ... ist nicht wahr! ... dann bringen Sie mir die doch bitte mal hoch ... danke!«

Brandauer legte wieder auf und guckte eine Weile wie versteinert.

»Ich steige durch den Hansen nicht durch, Beate. Einerseits ist er ein Tollpatsch, andererseits unterschätze ich ihn auch immer wieder, muss ich sagen.

Der hat doch tatsächlich glatt mitgedacht. Er hatte sich vergewissert, dass niemand draußen oder auf der

Toilette war, als er die Fotos gemacht hat. Und nicht nur das. Er hat sofort unaufgefordert von jedem einzelnen Gast ein Datenblatt angefertigt, mit Foto.«

Es klopfte plötzlich, ohne dass jemand eintrat. Das kannten die beiden noch nicht. Höflichkeit war hier im Haus eigentlich nicht angesagt. Die Neubert stand auf und öffnete die Tür. Erst als sie nach unten sah, bemerkte sie Hansen. Er kniete am Boden zwischen einer Unmenge von bedruckten DIN-A4-Blättern, die ihm offensichtlich aus der Hand gefallen waren.

»Entschuldigung, Frau Kommissarin, wie ungeschickt von mir.«

Da war er wieder, der Hansen, so wie sie ihn kannten.

Die Neubert wollte sich schon bücken, da hielt Hansen sie zurück.

»Nee, nee, lassen Sie mal, Frau Kommissarin, ich mach das schon. Habs ja schließlich auch vermasselt.«

Inzwischen war auch Brandauer aufgestanden.

»Sind das die Datenblätter der Gäste, Hansen?«

»Genau, Herr Kommissar, aber nur die aus dem großen Saal, dreiundsechzig Stück. Die anderen sind noch nicht fertig.«

Hansen war inzwischen mit Aufsammeln fertig und hielt Brandauer den ungeordneten Stoß Papiere lächelnd unter die Nase.

»Super, Hansen, vielen Dank. Die kommen jetzt gleich zum Einsatz. Die anderen werden wir wohl gar nicht benötigen.«

»Keine Ursache, Herr Kommissar.«

Hansen machte seinen üblichen Kotau und entschwand. Brandauer nahm die Datenblätter an sich und stutzte sie zu einem veritablen Stapel zurecht.

»Dann wollen wir uns unseren Zukünftigen doch mal etwas genauer unter die Lupe nehmen.«

Als er das Datenblatt des älteren Herren mit der Nickelbrille gefunden hatte, las er laut vor:

»Horst Schönberger, geboren am 26. Januar 1952, wohnhaft: Bad Freienwalde, Oderberger Chaussee 20. Die mit ihm am Tisch sitzt, ist seine Ehefrau Heidrun.«

»Der hatte gestern Geburtstag, Chef«, fiel der Neubert auf. »Die beiden haben da seinen Geburtstag gefeiert.«

»Wenn ich mir das Foto jetzt noch länger ansehe, wächst dem wahrscheinlich noch ein Heiligenschein. Warum sollte der die Gruber umbringen?«, fragte sich Brandauer. Und er stand mit dieser Frage nicht allein.

»Aber warum hat er keinen Tisch bestellt, Beate. Wenn ich mit meiner Frau an meinem Geburtstag irgendwo essen gehen will, bestelle ich doch einen Tisch.«

»Der kommt von hier, Franz. Dem Foto nach hatten die bereits gegessen, waren also mindestens schon eine Stunde lang da. Der weiß, dass er um sieben Uhr da für zwei Personen immer einen Platz kriegt, selbst an einem Sonntag.«

»So kommen wir nicht weiter, Beate. Wir wissen einfach zu wenig. Hatte der Monteverdi noch mehr erzählt?«

»Mantovani!«

»Von mir aus.«

»Er wollte wissen, ob er morgen wieder aufmachen kann. Heute hat er sowieso Ruhetag.«

»Von mir aus soll er«, winkte Brandauer ab.

»Okay, dann rufe ich ihn gleich mal an und sage ihm Bescheid.«

Die Kommissarin hatte schon nach ihrem Handy gegriffen, da bremste der Kommissar sie schnell aus.

»Nee, lass mal. Das mache ich nachher selbst. Aber erst mal gehe ich eine rauchen.«

Brandauer stand auf, zog seinen Trenchcoat über und fingerte in den Manteltaschen nach seiner Zigarettenschachtel. Dabei fiel ihm die Post der Ermordeten in die Finger, die er in ihrer Wohnung eingesteckt hatte. Er stupste sich eine Zigarette aus der Schachtel und schob sie sich in den Mundwinkel. Eine Sekunde später war er weg. Die Neubert machte sich einen neuen Tee, griff zum Telefon und rief Schiller an.

»Hallo Schiller, Beate hier. Sag mal, hattest du schon Zeit, dir den PC der Gruber vorzunehmen?«

Sie hörte sich seine Erklärungen eine Weile an und legte auf. Zehn Minuten später erschien Brandauer wieder. Er wedelte mit den Briefen, die er in der Hand hielt und sagte:

»Beate, ich glaube, ich hab was.«

Brandauer faltete einen der Briefe, die er bei der Gruber im Flur abgegriffen hatte, auseinander, fixierte ihn an der Fahndungswand und las vor:

Luise,

meine Geduld geht allmählich zu Ende. Wenn du mir bis Ende des Monats nicht die 100.000 Euro gezahlt hast, muss ich andere Maßnahmen ergreifen.

H-P

»Wo hast du den denn her, Franz?«

»Der lag auf der Anrichte im Flur der Gruber, zwischen den Rechnungen. Ich hatte die Briefe gegriffen und ungelesen in die Manteltasche gesteckt.«

»Na, das klingt doch interessant! Gibts auch noch einen Absender oder Namen?«

»Nee, leider nicht. Auch kein Datum. Der Brief wurde offensichtlich direkt bei ihr abgegeben.«

»Dann wurde Sie vielleicht ermordet, weil sie nicht gezahlt hatte.«

»Kann ich mir nicht vorstellen. Man schlachtet eine Kuh nicht, die man melken will.«

»Ich habe inzwischen noch mal Schiller angerufen. Er ist in den PC der Gruber reingekommen. Sie hatte nicht einmal ein Passwort angelegt. Aber um in ihren E-Mail-Account zu kommen, braucht er eine richterliche Verfügung.«

»Wieso? Die Frau ist doch tot!«

»Auch Tote haben Rechte, Franz.«

Brandauer griff zum Telefon. Fünf Minuten später meldete sich das Faxgerät. Sie hatten die richterliche Verfügung, sowohl für das Auslesen der E-Mails als auch für die Einzelnachweise von Handy und Festnetztelefon. Es konnte endlich losgehen.

Kapitel 4

Am nächsten Morgen ging Brandauer direkt zu Schiller.

»Servus, Micha. Hast du schon was Neues?«

»Morgen Franz. Ich hab mir die E-Mails der letzten Monate näher angesehen, aber nichts Verdächtiges finden können.«

»Nichts, was einen Bezug zu den 100.000 Euro haben könnte?«, wollte Brandauer genauer wissen.

»Überhaupt nichts. Sie war anscheinend nicht sonderlich internetaffin. Zumindest war sie mit dem PC so gut wie nie online.«

»Kannst du uns mal ihre Kontakte ausdrucken?«

»Die hatte überhaupt keine privaten Kontakte, Franz. Zumindest hatte sie keine auf dem Rechner gespeichert. In einer Mail vom September wird sie von einem ehemaligen Mitschüler informiert, dass zu Jahresbeginn ein Klassentreffen geplant sei. Man würde eine Whatsapp-Gruppe einrichten und sich freuen, wenn sie auch dabei sein würde. Sie hatte offensichtlich alle bisherigen Klassentreffen versäumt. Das ist alles, was an privatem E-Mailverkehr stattfand.«

»Hatte sie auf die Mail geantwortet?«

»Nicht einmal das.«

»Hast du auf ihrem Handy was finden können?«

»Ohne SIM-Karte ist mir das nicht möglich, Franz. Ich konnte den Wasserschaden leider nicht beheben. Deshalb wissen wir auch nicht, ob unter den Apps, die sie installiert hatte, auch Whatsapp war. Vielleicht hatte sie ja darüber kommuniziert. Aber in den Chat werde ich nicht reinkommen, keine Chance.«

»Okay, danke. Sag uns Bescheid, wenn du doch noch was findest.«

Brandauer verabschiedete sich und ging runter in sein Büro. Hier duftete es bereits nach frischem Kaffee, als er eintrat. Seine Kollegin war zwar passionierte Teetrinkerin, ließ es sich aber vom ersten Tag an nicht nehmen, ihrem Chef jeden Morgen einen frischen Kaffee zuzubereiten. Sie stand gerade am Wasserkocher, um sich Wasser für ihren Tee einzugießen, als er die Tür öffnete.

»Morgeeen.« Da war sie wieder, die personifizierte gute Laune. Sie steckte, wenn er das richtig erkannt hatte, in einer neuen beigefarbenen Seidenbluse, die ihr wie alles hervorragend stand.

»Hallo, Beate. Schicke Bluse. Neu?« Brandauer entknotete seinen Schal, behielt ihn aber um und übergab lediglich seinen Trenchcoat dem Kleiderständer.

»Danke, Chef, ja. Dass du das überhaupt siehst«, wunderte sie sich. »Kaffee?«

»Unbedingt!«

Sie nahm Brandauers Tasse und goss ihm ein. Dann sah sie sich ihren Chef etwas genauer an.

»Du siehst ja wieder halbwegs normal aus.«

»Das dauert Gott sei Dank selten länger als einen Tag. Die Tabletten wirken ganz gut, allerdings vertrage ich sie nicht besonders.«

Beide nahmen ihre Tassen und gingen zu ihren Schreibtischen. Im Vorbeigehen griff Brandauer noch in die Außentasche seines Mantels, wo die Tageszeitung von heute steckte.

»Du bist heute spät dran, Chef.«

»Ich war vorher noch bei Schiller.«

»Und? Gibts was Neues?«

»Nicht wirklich.«

»Der Staatsanwalt hat übrigens schon angerufen.«

Staatsanwalt Winkelmann war Brandauers ganz spezieller Freund. Seinem Aussehen nach bereits seit mindestens zehn Jahren fällig für die Pensionierung. Doch entweder hatte jemand seine Daten in der Rentenstelle versehentlich gelöscht oder er hatte bei Dienstantritt ein falsches Geburtsdatum angegeben. Anders war das Phänomen nicht zu erklären, dass er immer noch im Amt war.

»Und was wollte er?«, wollte Brandauer wissen.

»Er will für morgen früh eine Pressekonferenz zum Fall Gruber einberufen.«

»Nicht sein Ernst!«, entrüstete sich Brandauer.

»Er will sich nachher noch mal melden.«

Die Neubert hatte den Satz noch nicht ganz beendet, da klingelte das Telefon. Beide sahen sich mit betretener Miene an. Nach dem dritten Klingeln sagte die Kommissarin:

»Willst du nicht rangehen?«

»Nö!«

»Franz!« Seine Kollegin sah ihn entsetzt an.

»Mein Gott, was soll der Quatsch. Was soll ich dem denn erzählen? Wir haben doch nichts in der Hand.«

Das Telefon läutete weiter. Die Neubert hatte erst vor Kurzem den Anrufbeantworter ausgeschaltet.

»Kannst du die Nummer erkennen?«, fragte Brandauer so vorsichtig, als hätte er Angst, dass man auf der anderen Seite mithören könnte.

Die Kommissarin schielte auf das kleine Display des Telefons.

»Er ist es, Franz.«

Der Kommissar legte die Zeitung auf seinem Schreibtisch ab und stellte seine Kaffeetasse darauf. Er gestikulierte genervt mit den Armen, stellte das Telefon auf laut und nahm das Gespräch an.

»Schönen guten Morgen, Herr Staatsanwalt.«

»Wo treiben Sie sich rum, Brandauer, ich habe schon mal vor ner Stunde angerufen.«

»Tut mir leid, Herr Staatsanwalt. Hätte ich gewusst, dass Sie mich zu erreichen versuchen, hätte ich hier untätig rumgesessen. So habe ich es vorgezogen, meiner Arbeit nachzugehen.«

»Sehr witzig, Brandauer. Wie weit sind Sie im Fall Gruber? Ich habe für morgen früh um acht eine

Pressekonferenz bei mir angesetzt. Was können Sie denen erzählen?«

»Ich hatte nicht vor, denen was zu erzählen, Herr Staatsanwalt.«

»Aber irgendwas müssen wir ihnen erzählen. Sie kennen doch die Presse. Wenn die von uns keine Informationen kriegen, denken sie sich selber was aus, und das wollen Sie nicht lesen, was dann morgen in der Zeitung steht, Brandauer. Das wissen Sie selbst.«

Winkelmann hatte recht. Allein die heutige Ausgabe der Märkischen Oderzeitung war der beste Beweis.

»Okay, Herr Staatsanwalt, Sie haben recht, ich denke mir selbst was aus. Bis morgen dann.«

Geräuschvoll übergab er das Telefon seiner Basisstation.

»Das Telefon kann nichts dafür, Franz.«

Brandauer versuchte, sich wieder zu beruhigen, dann berichtete er der Neubert, was der junge Techniker ihm an Informationen mit auf den Weg gegeben hatte. Man merkte beiden die Enttäuschung über die unzureichenden Erkenntnisse an, die die Auswertung des PCs gebracht hatte.

»Ich habe das Gefühl, dass diese Geldforderung der Schlüssel zu allem ist, Beate.«

»Man könnte es fast hoffen, Franz. Denn es ist der einzige Hinweis, den wir haben.«

»Wenn diese scheiß Allergie nicht wäre, würde ich eigentlich gern noch einmal in ihre Wohnung gehen.

Vielleicht finden wir noch weitere Briefe, die etwas Licht ins Dunkel bringen.«

»Ich kann ja auch alleine gehen«, schlug die Kommissarin vor.

»Was hast du eigentlich mit der Katze gemacht?«

»Die ist bei mir zu Hause. Ich denke, ich werde sie behalten. Die ist sooo süüüß!«

Dabei schmolz sie auf ihrer Schreibtischplatte dahin, wie Butter in der Sonne. Brandauer nahm vorsichtig einen Schluck aus der Tasse und schlug die Zeitung auf.

»Apropos Presse. Hast du die Schlagzeile schon gelesen, Beate?«

Er hielt die Zeitung so, dass die Neubert sie erkennen konnte:

Schon wieder ein Frauenmord in unserer Stadt!
Die Verdächtigen, zwei Araber, ließ man laufen!

»Und das so kurz vor der Wahl«, kommentierte die Neubert. »Die AfD wird sich freuen.«

Brandauer dachte einen Moment nach, dann entschied er:

»Nee, lass uns zusammen fahren. Während du dich in der Wohnung der Toten noch mal umsiehst, werde ich mal sehen, ob die befreundete Nachbarin aus dem ersten Stock diesmal zu Hause ist. Wie hieß die doch gleich?«

Die Kommissarin zückte ihr Handy und suchte in ihren Notizen.

»Steinborn.«

»Komm, lass uns gleich fahren. Mir lässt das keine Ruhe.«

Brandauer sprang auf und hatte zwei Sekunden später bereits seinen Mantel an. Seine Kollegin war sitzen geblieben.

»Och, lass uns wenigstens noch austrinken, Franz.«

Er ging zurück zu seinem Schreibtisch, nahm einen großen Schluck und stellte seine Tasse deutlich hörbar wieder ab.

»Fertig, los komm!«

Sie nahmen diesmal Brandauers Landrover und fuhren noch bei ihm zu Hause vorbei, um Rolex einzuladen.

Es hatte bereits wieder seit einigen Stunden kräftig geschneit und die Räumfahrzeuge kamen kaum hinterher, die Straßen von den Schneemassen zu befreien. Einige Besitzer hatten sicherlich Probleme, ihren Wagen unter dem Schnee wiederzuerkennen und manch einer wird erst nach dem Freischaufeln erkannt haben, dass es der falsche Wagen war, den er gerade vom Schnee befreit hatte.

Die Fahrt nach Berlin dauerte über zwei Stunden. Zum einen, weil so viele Autofahrer mit unzureichender Bereifung unterwegs waren, sodass sich wegen liegengebliebener Fahrzeuge immer wieder kleinere Staus bildeten. Zum anderen, weil die Leute im Flachland immer sofort Panik schieben und ihr Gaspedal nicht mehr finden, wenn mal eine Schneeflocke gefallen ist. So ähnlich jedenfalls hätte es Brandauer ausgedrückt, der aus Süddeutschland kam und dort bei jedem Wetter in den Bergen mit dem Wagen unterwegs war. Er wusste mit den aktuellen Verhältnissen umzugehen, musste seine Fahrweise aber der der anderen Verkehrsteilnehmer anpassen.

Frau Steinborn war diesmal zu Hause. Während die Neubert sich im 2. Stock noch einmal in der Wohnung von Frau Gruber umsah, saß Brandauer zur gleichen Zeit ein Stockwerk tiefer im Wohnzimmer ihrer Freundin auf der Couch und erzählte ihr, was in Bad Freienwalde letzten Sonntag passiert war.

Marie Steinborn wollte es nicht glauben, dass ihre Freundin umgebracht wurde, und brauchte einige Zeit, um sich wieder zu fassen. Der Kommissar hatte sein kleines Notizbuch in der Hand und tastete in der Innentasche seines Mantels zwischen all den Sachen, die sich da in den letzten Wochen schon wieder angesammelt hatten, nach seinem Stift.

»Können Sie mir sagen, ob Frau Gruber noch Angehörige hatte?«, begann er die Befragung, nachdem er das Gefühl hatte, dass die Steinborn sich langsam gefasst hatte.

»So viel ich weiß, hatte sie noch eine Mutter. Sie fuhr ab und zu nach Hause, um sie zu besuchen.«

»Haben Sie zufällig die Adresse, damit wir sie benachrichtigen können?«

»Nein, die habe ich leider nicht. Aber sie lebt wohl in einem Seniorenheim in Bad Freienwalde.«

»Ach was!«, stellte er erstaunt fest. »Dann ist sie wohl in der Gegend aufgewachsen.«

»Ja, ja. Sie ist erst nach der Wende nach Berlin gekommen.«

»Wissen Sie vielleicht, ob sie sich in irgendeiner Weise bedroht gefühlt hat?«, fuhr er fort.

»Mein Gott, nein. Das war doch so eine nette Frau.«

»Hatte sie mit irgendjemandem Ärger?«

»Nicht, dass ich wüsste. Allerdings waren wir auch nicht so gut befreundet, dass sie mir alles erzählt hätte, glaube ich.«

»Wir fanden einen Brief bei ihr, aus dem man schließen könnte, dass sie sich verschuldet hatte. Wissen Sie etwas darüber?«

»Jetzt, wo Sie das sagen, fällt mir ein, dass vor einiger Zeit ihr Ex-Mann mal hier war. Da ging es in der Wohnung recht laut zu. Es ging wohl auch um Geld.«

»Wissen Sie zufällig, wie der Ex-Mann mit Vornamen heißt?«

»Mein Gott, wie heißt der? Mein Gedächtnis ist seit meiner Coronainfektion so schlecht geworden, wissen Sie. Er hatte einen recht ausgefallenen Vornamen, wie dieser bekannte Komiker aus dem Fernsehen.«

Nun fingen beide an, zu überlegen, wen die Steinborn meinen könnte.

»Atze? ... Elton? ... Abdelkarim? ... Guido?«

»Nee, nee, noch anders«, winkte sie mit beiden Händen ab, »aber ich komme jetzt nicht drauf.«

»Okay, ist ja auch nicht so wichtig. Können Sie sich noch daran erinnern, wann das war?«

Frau Steinborn dachte angestrengt darüber nach.

»Ich würde sagen, vor etwa zwei Wochen?«

»Wissen Sie auch noch, wie der Streit ausging?«

»Also ich lausche ja nicht, aber es war deutlich zu hören, dass er darauf bestand, sein Geld endlich zu bekommen. Und dann hat er die Wohnungstür zugeschlagen und ist gegangen.«

Brandauer bedankte sich bei der Nachbarin und ging eine Etage höher, wo die Neubert noch immer in der Wohnung der Ermordeten nach Hinweisen suchte, die ihnen eventuell weiter helfen könnten.

Er drückte die Wohnungstür einen Spalt weit auf und rief nach ihr:

»Beate? Brauchst du noch lange?«

»Ein paar Minuten noch, Chef!«, tönte es aus dem hinteren Zimmer.

»Okay, ich bin unten und mache mal mit Rolex eine Runde.«

Brandauer griff in seine Manteltasche und stupste sich eine Kippe aus der Schachtel, die er sich gleich in den Mundwinkel klemmte. Auf dem Weg nach unten fing er an, alle ihm bekannten Komiker nach ihren Vornamen durchzugehen: ‚Ingo, ... Olaf, ... , Otto, ... Torsten, ... Mario, ... Dieter, ... Johann‘ alles nicht sonderlich ausgefallen, fand er.

Vor der Haustür angekommen, steckte er sich die Zigarette an und ging zum Wagen, um seinen Vierbeiner zu holen. Er befestigte die Leine an seinem Halsband und schlenderte ein Stück mit ihm die Straße hinunter. Alle fünf Meter blieb der Hund stehen und markierte die Stellen, an denen zuvor andere Hunde ihre Marke hinterlassen hatten. Das musste für ihn in dieser fremden Stadt so spannend gewesen sein, wie für eine Frau vom Lande, die man bei Douglas ausgesetzt hatte. So viel neue Duftnoten hatte er bestimmt schon lange nicht mehr in der Nase gehabt.

Seine Kollegin kam nach etwa zehn Minuten mit einem Schuhkarton unter dem Arm und einem Bündel Briefen aus der Haustür. Brandauer ging ihr entgegen.

»Was hast du noch gefunden, Beate?«

»Kann ich dir noch nicht genau sagen, Chef. Aber der Karton war so gut versteckt, dass es dafür vielleicht einen Grund gegeben haben mag. Die ganzen Briefe sollten wir uns mal in Ruhe ansehen. Offensichtlich gehörte die Gruber noch zu der Fraktion Mensch, die entgegen dem allgemeinen Trend noch einen regen Briefwechsel mit anderen hatte. Vielleicht erklärt das auch, warum sie auf ihrem PC keine Kontakte gespeichert hatte.

Und dann hing an der Küchentür noch so ein Jahreskalender, auf dem sie ihre Termine eingetragen hatte. Auch den hab ich vorsichtshalber abgemacht.«

Im Auto berichtete Brandauer ihr, was er von der Steinborn erfahren hatte, und dass die Tote offensichtlich Schulden bei ihrem Ex hatte. Ob es sich dabei um die 100.000 Euro aus dem Brief handeln würde, den sie gefunden hatten, war noch unklar.

Als er mit seinem Bericht fertig war, überkam seine Kollegin die Neugier. Sie öffnete den Schuhkarton und untersuchte seinen Inhalt genauer.

»Schade, hier ist nur ein kaputter Rock drin und ein altes Tagebuch von 1974. Ich kann mir nicht vorstellen, dass uns das weiterbringt.«

Sie stellte den Karton hinter sich auf die Rückbank und sah sich die Briefe genauer an. Sie waren in kleine Bündel eingeteilt, die von einem farbigen Geschenkband zusammengehalten wurden. Die Briefe eines Bündels waren jeweils vom gleichen Absender.

»Die Absender sind allesamt männlich, bis auf den einen Stapel hier. Wahrscheinlich alles Liebesbriefe.«

»Kann man am Poststempel sehen, von wann die sind«, wollte Brandauer wissen.

Die Kommissarin sah sich die Poststempel genauer an und kam nach einer Weile zu dem Schluss:

»Alt, uralt! Allesamt aus ihrer Jugendzeit. Ich denke, die Mühe müssen wir uns nicht machen, da reinzugucken.«

»Wir sollten als Erstes versuchen, rauszukriegen, ob dieser ‚H-P‘, dem sie 100.000 Euro schuldete, ihr Ex ist«, schlug Brandauer vor.

»Vielleicht steht ja ‚H-P‘ für Hans-Peter, überlegte die Neubert.«

»Und wenn es so wäre?«

»Ihr Ex heißt Hans-Peter.«

»Woher weißt du das jetzt schon wieder?«

»Hatte ich bereits recherchiert, Franz, schon wieder vergessen? Hattest du vorhin nicht nach einem ausgefallenen Vornamen eines deutschen Komikers gesucht?«

»So ausgefallen finde ich Hans-Peter jetzt aber nicht«, erwiderte Brandauer.

»Hans-Peter vielleicht nicht, aber *Hape* vielleicht schon eher.«

Es brauchte einen Augenblick, bis Brandauer begriffen hatte. Dann schlug er sich mit der flachen Hand gegen die Stirn.

»Na klar, Hape Kerkeling, du hast recht. Den laden wir vor!«

»Hape Kerkeling?«

»Nee, den Ex natürlich.«

Auf dem Revier angekommen, machten sie sich sofort daran, die Adresse des Ex ausfindig zu machen. Da der ebenfalls in Berlin lebte, mussten sie die Entscheidung treffen, ob sie sich erneut auf den Weg machen wollten, oder ob sie die Angelegenheit versuchen sollten, telefonisch zu klären.

»Würdest du unseren Komiker eigentlich zum engeren Kreis der Verdächtigen zählen, Chef?«

»Dummerweise ist der Kreis ja im Augenblick noch so klein, dass man ihn nicht mal mit der Lupe erkennen kann. Wie soll er dann darin Platz haben.

Aber abgesehen davon: Die Gruber hätte eher ein Motiv gehabt, ihn umzubringen, als er sie.«

»Dann reicht es ja vielleicht auch, wenn wir ihn anrufen und ihm ein paar Fragen zur Klärung des Sachverhalts stellen.«

»Denke ich auch.«

Es klopfte kurz, dann ging die Tür auf und Brömels Gesicht erschien im Türspalt.

»Was gibts, Jochen?«

»Hier ist Besuch für euch, Franz.«

Brömel öffnete die Tür vollends, richtete seine Hose und trat einen Schritt zur Seite. Zwei junge Männer mit ausländischem Aussehen betraten das Büro.

»Guten Tag, Herr Kommissar. Wir dachten, es ist besser, wenn wir mal vorbeischauen, nach dem, was heute früh in den Zeitungen zu lesen war.«

Da die beiden keinen Blick, geschweige denn Gruß für Brandauers Kollegin übrig hatten, fühlte er sich genötigt, sie ihnen vorzustellen.

»Guten Tag, die Herren. Ich darf Ihnen meine Kollegin, Frau Oberkommissarin Neubert vorstellen. Ich hatte eben das Gefühl, dass Sie sie nicht wahrgenommen hatten. Ich bin Hauptkommissar Brandauer. Was können wir für Sie tun?«

Wohl aufgrund ihrer Erziehung, so vermutete Brandauer, war die Kommissarin weiterhin nur Luft für die beiden. Sie sahen nur zu ihm und der Wortführer der beiden fuhr fort:

»Wir waren Sonntag Abend in dem Restaurant, wo die Frau getötet wurde. Und plötzlich kamen Leute auf uns zu und behaupteten, wir hätten sie umgebracht.«

»Und wie kamen die dazu?«

»Keine Ahnung, wahrscheinlich weil wir wie Ausländer aussehen.«

Der Mann riss die Arme hoch und sah Brandauer an, als wollte er ihn verschlingen. Dann erzählte er aufgeregt weiter:

»Wir haben da nur gesessen und was gegessen und da kommen die plötzlich und machen Alarm.«

»Und was haben Sie gemacht?«

»Na, wir waren natürlich sauer auf die und haben die angeschrien, was Ihnen einfällt.«

»Auf Deutsch oder in Ihrer Muttersprache?«

»Nee, auf Arabisch natürlich, Mann.«

»Und was passierte dann?«

»Dann hätte es beinahe eine Schlägerei gegeben und da sind wir besser abgehauen.«

»Das war wahrscheinlich das Beste, was Sie machen konnten. Gut auch, dass Sie heute den Weg zu uns gefunden haben. Waren Sie denn zur fraglichen Zeit auf der Toilette?«

»Nein, Mann! Wir haben die ganze Zeit an unserem Tisch gesessen. Ich schwöre!«

»Rauchen Sie?«

Die beiden sahen sich verwundert an. Dann breitete der Wortführer empört die Arme aus.

»Was soll die Fragerei, Mann?«

»Ich frage Sie noch mal: Rauchen Sie?«

»Ja, Mann. Aber nur Shisha.«

»Waren Sie irgendwann während der Zeit, wo Sie da waren, hinter dem Restaurant?«

»Nein, Mann!«

»Okay.« Brandauer erhob sich und wies auf die Neubert.

»Meine Kollegin wird sich jetzt noch ein bisschen mit Ihnen unterhalten und Ihre Daten aufnehmen und dann können Sie wieder gehen.«

Die beiden sahen sich irritiert an und der andere fragte:

»Können Sie das nicht machen, Herr Kommissar?«

»Nee, das macht meine Kollegin viel besser als ich, glauben Sie mir.«

Brandauer nahm seine Zigaretten und das Feuerzeug, verabschiedete sich kurz von den beiden und ging hinunter auf den Hof eine rauchen. Mit seiner Reaktion war er mehr als im Reinen. Es regte ihn maßlos auf, wenn Menschen, die nach Deutschland kamen, um hier zu leben, nicht bereit waren, unsere Grundsätze des Zusammenlebens zu akzeptieren und Frauen den Respekt zu zollen, der ihnen gebührt.

Als er wieder hochkam, waren die beiden schon weg.

Die Kommissarin war etwas angefressen und sagte:

»Du hättest mich ja ruhig mal fragen können, ob ich die beiden vernehmen will.«

»Entschuldige, Beate, aber die brauchten dringend eine Lektion. Die haben dich ja nicht mal angesehen. Wer hier bei uns leben will, muss auch irgendwann mal kapieren, dass man in unserem Kulturkreis Frauen mit dem gleichen Respekt zu begegnen hat wie Männern.«

»Genau das wollte ich damit sagen, Franz.«

Die Neubert nahm ihre Jacke und ihre Tasche, verließ das Büro und knallte die Tür hinter sich zu. Das saß! Brandauer wusste nicht recht, wie ihm geschehen war und wollte oder konnte nicht verstehen, was er gerade falsch gemacht hatte.

Ein Blick auf die Uhr, die über der Tür hing, sagte ihm, dass er sie wohl heute nicht mehr sehen würde. Um sich abzulenken, rief er den Ex-Mann von Luise Gruber an.

Die telefonische Befragung ergab, dass die Geldforderung wohl eine Berechtigung hatte. Die Wohnung der Grubers war eine Eigentumswohnung, die im Rahmen des Zugewinnausgleichs nach der Scheidung zur Hälfte ihrem Ex gehörte. Da sie die Wohnung nicht aufgeben wollte, hatte man sich darauf verständigt, dass sie ihm 200.000 Euro für seinen Anteil zahlt und dass er, bis das geschehen ist, von ihr eine Miete verlangen kann. 100.000 Euro hatte sie bereits gezahlt, die anderen 100.000 Euro standen noch aus. Die Frist, die er ihr für diesen Deal eingeräumt hatte, war zum Jahresende abgelaufen. Jedoch sagte er, dass seine Ex-Frau ihm glaubhaft zugesichert hatte, dass er das Geld noch bis Ende des Monats bekommen würde.

Nach seinem Alibi für den fraglichen Abend befragt, gab er an, mit Kunden in Berlin ein Geschäftsessen gehabt zu haben. Er konnte dies über eine Rechnung belegen, sodass er von der nicht vorhandenen Liste der Verdächtigen vorerst gestrichen werden konnte.

Kapitel 5

Brandauer hatte es gerade noch rechtzeitig zur Pressekonferenz geschafft. Rolex hatte er im Auto gelassen. Die ganze Journaille hatte sich bei Winkelmann eingefunden, danach lechzend, in einer konzertierten Aktion über ihn herzufallen und ihn zu zerfleischen. So jedenfalls war seine Erwartungshaltung.

»Wo bleiben Sie denn Brandauer«, raunte Winkelmann ihm zu, als er den Raum betrat, wo die Journalisten auf ihn warteten. »Ich hatte schon Mühe, die Kollegen von der Presse noch länger hinzuhalten.«

Der Staatsanwalt tupfte sich nervös den Schweiß von der Stirn, schob sein Stofftüchlein, das er aufgrund seiner häufigen Schwitzanfälle stets bei sich trug, zurück in den Ärmel und drehte sich wieder zu den Journalisten um.

»Meine Damen und Herren von der Presse, ich darf nun, wie versprochen, das Wort an Hauptkommissar Brandauer übergeben, der die Ermittlungen in dem Fall leitet. Er wird Sie sehr gerne auf den aktuellen Stand bringen.«

Winkelmann grinste steif, trat ab und postierte sich am Ausgang. Brandauer trat vor die kleine Gruppe der Vertreter der Lokalpresse, die ihm ihre Mikrofone entgegenstreckten.

»Herr Kommissar, hat es sich inzwischen bestätigt, dass wir es auch im Fall Gruber mit einem extremistischen Anschlag zu tun haben«, eröffnete Zeltinger von der *Märkischen Allgemeinen* die Fragerunde.

Das war genau die Stoßrichtung, die Brandauer erwartet hatte. Er überlegte kurz, ob er dem Unsinn mit nüchterner Sachlichkeit oder besser mit Sarkasmus begegnen sollte. Er war sich ziemlich sicher, dass es egal sein würde. Schreiben würden sie wahrscheinlich eh, was sie wollen.

»Zur Tatzeit hatten wir meines Wissens eine Temperatur von minus sieben Grad Celsius. Wenn Sie das extrem finden, können Sie von mir aus von einer extremistischen Tat reden. Ansonsten müssten Sie mir erklären, wie Sie darauf kommen.«

»Es heißt ja immerhin, dass es zwei Araber gewesen sein sollen, die die Tat verübt haben«, hakte sich die Jaspers von der *Lausitzer Rundschau* ein.

»Ich weiß nicht, aus welchem Kaffeesatz Sie lesen, Frau Jaspers, um der Druckerschwärze Ihres Blattes eine Daseinsberechtigung zu geben, aber mir ist nichts dergleichen bekannt.«

Dann meldete sich Meyer von der *Märkischen Oderzeitung* zu Wort. Den konnte Brandauer besonders gut leiden.

»Aber aus gut informierten Kreisen wissen wir, dass die Polizei zwei Männer arabischer Herkunft hat laufen lassen. Können Sie das bestätigen, Herr Kommissar?«

»Was fragen Sie mich, Herr Meyer, wenn Sie so gut informierte Kreise haben? Aber ich bestätige es Ihnen gern. Wir haben darüber hinaus übrigens noch 114 weitere Restaurantbesucher laufen lassen. Darunter sogar die, die sich der Verleumdung strafbar gemacht haben, als sie die beiden besagten Männer der Tat bezichtigt haben. Allerdings behalten wir uns vor, sie noch einmal einzubestellen, und sei es, damit sie sich bei den beiden entschuldigen.«

Es meldeten sich noch drei weitere Reporter zu Wort, deren Fragen allesamt dieselbe Stoßrichtung hatten. Man wollte unbedingt aus der Tat ein Migrationsproblem ableiten.

»Gibt es denn noch eine andere Spur, die Sie verfolgen?«, wollte schließlich einer von ihnen wissen.

»Wir prüfen derzeit, ob sich noch andere Ausländer oder Menschen, die wenigstens durch kräftigen Bartwuchs auffallen, zur Tatzeit in der Nähe des Restaurants aufgehalten haben. Sollten sich keine finden, müssen wir wohl von Selbststrangulation ausgehen. Ich denke, weitere Fragen erübrigen sich. Auf Wiedersehen meine Herrschaften.«

Brandauer wandte sich von den grummelnden Zeitungsleuten ab und wollte durch den Seiteneingang verschwinden, da packte ihn der Staatsanwalt, der auf ihn gewartet hatte am Arm und fuhr ihn an:

»Was fällt Ihnen ein, Brandauer. So können Sie doch nicht mit der Presse umgehen.«

»Machen Sie sich nichts vor, Herr Staatsanwalt. Die wussten schon vor der ersten Frage, was sie schreiben werden. Ich habe ihnen nur etwas beim Formulieren geholfen.«

Der Kommissar sah zu, dass er da wegkam. Er hasste diese Veranstaltungen und beeilte sich, endlich ins Büro zu kommen. Als er sich seinem Wagen näherte, sah er, dass Rolex auf den Vordersitz geklettert war und hinter dem Lenkrad saß. Brandauer öffnete die hintere Beifahrertür und stieg ein.

»Zum Polizeirevier, bitte.«

Rolex drehte sich langsam zu ihm um und hob kurz den Kopf. Dann sah er wieder hechelnd nach vorn. Brandauer stupste ihn kurz an und sagte:

»Na los, wirds bald?«

Der Weimaraner war ganz offensichtlich nicht zu beeindrucken. Der Kommissar sah sich genötigt, wieder auszusteigen. Er ging um den Wagen herum zur Fahrerseite und drängelte seinen Vierbeiner vom Fahrersitz.

»Das müssen wir noch mal üben Rolex.«

Auf dem Weg zum Revier fing er an zu grübeln, ob er sich bei seiner Kollegin wegen gestern noch entschuldigen sollte, aber eigentlich war ihm immer noch nicht so recht klar, was an seinem Verhalten falsch war.

Daran hatte sich auch nichts geändert, als er die Bürotür öffnete und so wusste er immer noch nicht, wie er sich gleich verhalten würde. Er wollte es einfach auf sich zukommen lassen. Vorsichtig öffnete er die Tür. Der Hund schlüpfte durch den Türspalt, steuerte sofort seine Decke an und legte sich hin.

»Morgeeen!«

,*Diese Frau ist unglaublich*‘, dachte er, als er ihre betörende Stimme hörte. ,*Morgen bringe ich ihr Rosen mit*‘, nahm er sich vor. Da machte er sich nun die halbe Nacht Gedanken und sie reagierte so, als wäre nichts gewesen. Auch er war schlagartig wieder gut gelaunt.

»Guten Morgen, liebe Kollegin!«

Die Neubert drehte sich irritiert zu ihm um.

»Was ist denn mit dir passiert, Franz? So kenne ich dich ja gar nicht. Schlechtes Gewissen?«

»Bisschen«, gestand er kleinlaut ein.

»Alles gut. Ich weiß ja, wie's gemeint war. Sag mir lieber, wie die Pressekonferenz war.«

Während der Kommissar erleichtert seinen Trenchcoat aufhängte, hatte sie schon seine Kaffeetasse in der Hand. Brandauer berichtete, dass er den Journalisten die Antworten gegeben hatte, die sie seiner Meinung nach verdient hatten, und kurz darauf standen beide wieder vor der Fotowand und sahen auf das Foto ihres Lieblingsverdächtigen – den liebenswerten älteren Herren, mit der Nickelbrille. Die Fotos der anderen Gäste waren nach wie vor umgedreht.

»Welchen Fehler haben wir gemacht, Beate?«

»Vielleicht war es niemand von den Gästen.«

»Wer sonst hätte es sein können? Im Schnee hinter dem Haus gab es keine Spuren. Der Täter muss von drinnen gekommen sein.«

»Und wenn es jemand vom Küchenpersonal war?«

»Unmöglich, der hätte ja mitkriegen müssen, wie die Gruber zum Rauchen rausgegangen ist. Und welches Motiv sollte er gehabt haben. Davon abgesehen, sind außer dem Koch sämtliche Küchenkräfte weiblich.«

»Dann müssen wir uns unsere Auswahlkriterien noch einmal genau ansehen, Chef.«

Sie resümierten noch einmal ihr Vorgehen, das schließlich aus dem netten älteren Herren ein Frauen meuchelndes Monster werden ließ:

»Es war kein Raubmord, hatten wir gesagt – es war kein Mord im Affekt – Opfer und Täter hatten keinen Tisch reserviert – der Täter war kein Stammgast – er hatte einen Sitzplatz mit Sichtkontakt zum Opfer – der Täter war männlich.«

'Was davon ist falsch?', überlegten beide.

Sie betrachteten eine gefühlte Ewigkeit die Rückseiten der Fotos der anderen Gäste, bis Brandauer schließlich sagte:

»Nichts! Nichts davon ist falsch, Beate. Wir haben nur an eines nicht gedacht.«

»Und das wäre?«

»Die Spiegel!«

Die Neubert sah ihren Chef fragend an, weil sie mit dem Hinweis nicht so recht etwas anzufangen wusste. Deshalb sah der Kommissar sich genötigt, ihr seine Gedanken näher zu erläutern.

»Überall im Saal hängen Spiegel. Der Mörder brauchte keinen direkten Sichtkontakt zum Opfer. Es hätte auch genügt, wenn er die Gruber über einen der vielen Spiegel im Blick hatte.«

Brandauer sah auf seine Uhr. Es war jetzt 10 Uhr 48. Um 12 Uhr würde das Restaurant wieder öffnen.

»Lass uns noch mal ins Restaurant fahren und das checken.«

Er schnalzte kurz mit der Zunge. Rolex hob ruckartig den Kopf und stand wenige Sekunden später neben ihm. Noch einmal fuhren die drei in Brandauers Landrover zum Restaurant.

»Was hast du vor, Franz?«

»Wirst du gleich sehen.«

Nur Mantovanis Maserati stand auf dem Parkplatz. Brandauer parkte direkt neben ihm, stieg aus, öffnete Rolex die Tür und zeigte auf den italienischen Sportwagen.

»Guck mal, was wir hier Feines haben, Rolex. Wollen wir vielleicht ein bisschen Gassi gehen, hm?«

Der Hund machte einen Satz aus dem Wagen, hob direkt das linke Hinterbein und sprang wieder auf seinen Platz zurück.

»Ganz fein hast du das gemacht, mein Guter.«

Brandauer streichelte ihm über den Kopf und schloss die Tür. Auch die Neubert war inzwischen ausgestiegen und stand neben ihm.

»Hast du ihm das beigebracht, Chef?«

»Nee, das musste ich ihm nicht beibringen. Das ist Instinkt.«

Sie gingen zum Eingang und klopften an. Von innen hörte man, wie sich ein Schlüssel im Schloss drehte. Dann wurde Ihnen die Tür geöffnet.

»Buona giornata, commissario. Treten Sie eine.«

Brandauer besann sich seiner Manieren und ließ der Neubert den Vortritt. Sie legten Mantel und Jacke ab und der Kommissar eröffnete beiden, was er vorhatte. Mantovani rieb sich die Hände und lächelte.

»Aber vorher nehmen wir noch einen kleinen Espresso, si?«

»Sehr gerne.«

Brandauer fragte sich, was er eigentlich gegen diesen Mann hatte. Er war freundlich, zuvorkommend und großzügig. Es war wohl seine affektierte Art, mit der er sprach und sich bewegte. Dieses klischeehafte Gestikulieren und letztendlich das Gefühl, dass er die Neubert damit erfolgreich umgarnte.

»Und für die Signora eine Aperole?«, fragte er unter Zurschaustellung seines makellosen Gebisses. Zu dem Lächeln gesellte sich noch eine schiefe Kopfhaltung. Die reibenden Bewegungen seiner sich unablässig selbst waschenden Hände setzten dem theatralischen Auftritt die Krone auf. Brandauer war um Kontenance bemüht und verdrehte innerlich die Augen.

»Da sag ich nicht nein.«

Während Mantovani sich eine Spur zu tief verneigte und hinter der Bar verschwand, ging Brandauer ausgestattet mit Hansens Unterlagen durch das Restaurant und legte die Datenblätter auf den Plätzen aus, an denen Sonntag Abend die Gäste saßen. Mittlerweile hatte er im Kopf, wer wo saß.

»Darf ich die Tische hier noch einmal so zusammenschieben, wie sie Sonntag standen?«

»Si, commissario.«

»Was wird das jetzt?«, fragte die Kommissarin befremdet, während Brandauer das Mobiliar verschob.

»Sei so gut, Beate, und setze dich mal auf den Platz der Ermordeten. Ich würde gern noch einmal prüfen, wer von den Gästen direkten Blickkontakt mit ihr hatte.«

Die Sache war so einfach nicht. Anders als an der Fotowand schränkten in der Realität eine Reihe von Säulen, an die sie bis jetzt nicht gedacht hatten, den direkten Blickkontakt ein. Dafür boten manche Spiegel die Möglichkeit, auf indirekte Weise zu sehen, was hinter einem passierte. Brandauer musste sich also auf jeden Stuhl einzeln setzen und prüfen, ob er freie Sicht zur Neubert hatte, die ihm jedes Mal zur Bestätigung lächelnd zuprostete.

Als er fertig war, hatte er zwei Stapel mit Fotos und das erste Mal das Gefühl, ein Stück vorangekommen zu sein. Er stellte die Tische wieder so, wie er sie vorgefunden hatte und nahm am Tresen seinen Espresso, der inzwischen jedoch leider nicht mehr heiß war. Die Neubert hatte ihren Aperol schon ausgetrunken, während er mit den Fotos der Gäste beschäftigt war.

Man verabschiedete sich in der Hoffnung, dass dies der letzte dienstliche Besuch war und man nun nicht mehr stören müsse. Der Wirt hielt ihnen die Tür grinsend auf und deutete eine Verbeugung an.

»Arrivederci, commissario! Ciao bella!«

»Ciao, Giovanni!« Die Neubert winkte ihrem neuen Verehrer zu, während Brandauer sich etwas pikiert mit »Arrivederci, Signor Monteverdi« verabschiedete.

Als sie ein Stück weg waren, fragte ihn seine Kollegin:

»Machst du das eigentlich mit Absicht, Franz?«

»Ich weiß nicht, was du meinst, Beate.«

»Na, dass du immer Monteverdi zu ihm sagst.«

»Wieso? Heißt der nicht so?«, tat Brandauer in sich hineingrinsend völlig harmlos.

»Ach tu doch nicht so unschuldig. Du weißt ganz genau, dass er Mantovani heißt. Wie würdest du das finden, wenn ich immer *Brenndauer* oder *Dauerbrenner* oder weiß ich was zu dir sagen würde.«

Brandauer zuckte mit den Schultern.

»Der ist mir halt unsympathisch, mein Gott.«

»Weil er nett zu mir ist?«

Brandauer blieb unvermittelt stehen und drehte sich zu ihr um.

»Nett? Der zieht eine Schleimspur hinter sich her, da hält keine Nacktschnecke mit.«

Die Neubert musste schmunzeln, weil sie merkte, dass ihr Chef ganz offensichtlich eifersüchtig war. Der riss die Arme hoch, fuchtelte mit ihnen in der Luft herum und ahmte Mantovani nach:

»*Ciao, bella!* Was sollte das denn bitteschön? Du bist doch kein Hund. Wenn der zu mir *Bello* sagen würde, würde ich ihm eine reinhauen.«

Als sie am Auto angekommen waren, fragte Brandauer seine Kollegin:

»Gehen wir zu Mario, auf einen Salat? Ich lade dich ein.«

»Wegen gestern oder wegen eben?«, fragte sie grinsend.

»Von mir aus auch wegen beidem.«

Als sie eine Stunde später wieder auf dem Kommissariat waren, und vor der Fotowand standen, stellten sie ernüchtert fest, dass sie sich den ganzen Aufwand im Restaurant hätten sparen können. Alle, die aufgrund der Spiegeltheorie als potenzielle Verdächtige dazugekommen waren, fielen in der nächsten oder übernächsten Runde wieder durch das Raster, weil sie entweder an Tischen mit Vorbestellung saßen oder weil es Stammgäste waren. Im Endeffekt hatte der freundliche Herr mit der Nickelbrille keine ernstzunehmende Konkurrenz erhalten – bis auf einen Gast vielleicht.

Er saß nah an der Eingangstür, hatte über den großen Spiegel an der gegenüberliegenden Wand Blickkontakt mit der Gruber und war zum ersten Mal da. Allerdings hatte der ältere Herr mit der weinroten Fliege seinen Tisch reservieren lassen.

»Und nun?«, fragte die Neubert.

Brandauer drehte alle Fotos wieder so, dass man die Gesichter erkennen konnte.

»Ich weiß auch nicht. Vielleicht sollten wir erst mal rauskriegen, warum die Leute überhaupt im Restaurant waren, Beate.«

»Ich vermute, um was zu essen.«

Die Kommissarin musste über ihre eigene Schlagfertigkeit schmunzeln und prustete in die vorgehaltene Hand.

»'tschuldige, Franz.«

»Ich meine, hatten sie einen Anlass?«

Brandauer zeigte auf die Nickelbrille.

»Der war mit seiner Frau da, um seinen Geburtstag zu feiern. Welchen Anlass gab es für die anderen?«

»Man braucht doch keinen Anlass, um was essen zu gehen, Franz. Also mir würde es reichen, dass ich Hunger habe.«

»Stimmt schon, aber wissen würde ich es trotzdem gern.«

»Was ist zum Beispiel mit der ‚roten Fliege‘ hier?« Der Kommissar nahm das Foto mit dem älteren Herrn, der in der Nähe des Eingangs saß, von der Wand und suchte nach dem dazugehörigen Datenblatt.

»Der hatte reserviert, Chef.«

»Ich weiß, offenbar sogar für zwei. Jedenfalls liegen zwei Sätze Besteck und zwei Servietten auf dem Tisch.«

Er saß vor einem Glas Weißwein und hatte neben dem Weinglas eine Tageszeitung zu liegen.

»So wie das Besteck liegt, hatte er noch nicht gegessen«, fuhr Brandauer fort. »Der wartete doch noch auf jemanden. Wenn ich mir das gequälte Grinsen ansehe, würde ich sagen, der fand es nicht lustig, dass Hansen ihn fotografiert hat.«

»Macht ihn das für dich verdächtig?«

»Ich will das noch nicht werten. Ich beschreibe nur, was ich sehe.«

»Weißt du, welche Information uns noch fehlt?«

»Na?«

»Ich denke, es wäre hilfreich, zu wissen, zu wie viel Uhr die Tische jeweils bestellt worden sind, beziehungsweise, wann die Gäste gekommen sind.«

»Warum sollte uns das weiterbringen?«

»Weil mich interessieren würde, ob unser Mann mit der Fliege schon zwei Stunden auf seine Verabredung wartet oder ob er erst vor Kurzem gekommen ist.«

»Okay, das wäre in der Tat interessant zu wissen. Lass uns also noch mal zum Restaurant fahren.«

Im Restaurant angekommen, steuerten sie sofort auf Mantovani zu, der sie zwar mit einem Lächeln begrüßte, sie aber sofort in sein Büro schleuste. Offensichtlich war es ihm unangenehm, schon wieder die Polizei im Hause zu haben, denn die ersten Gäste waren bereits da.

Mithilfe des Buches für die Reservierungen schrieben sie sich für alle Gäste heraus, für welche Uhrzeit deren Tische reserviert worden waren. Die

Kellner noch einmal zu interviewen war leider nicht möglich. Es waren völlig andere als am Sonntag.

Der Restaurantbesitzer erklärte dies damit, dass er seit der Coronapandemie keine Servicekräfte mehr bekommt und sich nur mit Aushilfen über Wasser halten kann, die täglich wechseln. Es gab schon Tage, an denen er selbst bedienen musste. Mit diesem Wissen im Gepäck fuhren sie wieder zurück aufs Revier.

»Nun wissen wir also, dass die Fliege schon seit einer guten Stunde auf diejenige wartete, mit der er da eigentlich vorhatte zu essen. Würdest du so lange warten, Beate?«

»Hängt davon ab, auf wen!«

»Sagen wir, auf mich?«, versuchte er mit möglichst charmantem Unterton rauszukriegen.

»Vielleicht würde ich warten, aber ich wäre ganz schön sauer.«

Brandauer wusste nicht recht, wie er die Antwort deuten sollte.

»Das ganze Szenario wirkt auf mich wie ein Blind Date«, ließ er seinen Gedanken weiter freien Lauf. »Der Typ sieht doch aus, als hätte er ne Stunde vor dem Spiegel gestanden und überlegt, was er anziehen soll, findest du nicht?«

Die Neubert zog eine Schnute, mit der sie wahrscheinlich ihre Zweifel zum Ausdruck bringen wollte.

»Na, ich weiß nicht. Ich wäre nach ner Stunde mit Sicherheit zu einem anderen Ergebnis gekommen.«

»Und dann diese Tageszeitung! Die liegt da, als hätten sie sie als Erkennungsmerkmal vereinbart«, fand Brandauer.

»Vielleicht war er ja mit der Gruber verabredet. Und die wollte sich ihr Date erst mal von Weitem ansehen und hat sich dafür in die letzte Ecke verkrümelt«, spekulierte seine Kollegin.

»Aber der saß da schon seit über einer Stunde und die Gruber war bereits seit fünf Uhr da. Die wäre doch zu ihm rüber gegangen, wenn sie ihn gut gefunden hätte. Anderenfalls wäre sie wahrscheinlich nach Hause gegangen und hätte sich nicht einen Aperol nach dem anderen bestellt.«

»Frau versetzt Mann. Ist doch ein super Mordmotiv«, stellte die Neubert scherzhaft fest.

Brandauer nahm sich die Datenblätter der anderen Gäste noch einmal vor, zuerst die von denen, die an der langen Tafel saßen, und stutzte plötzlich. Dann reichte er sie an seine Kollegin weiter.

»Fällt dir auch was auf, Beate?«

Die Neubert legte die Blätter einzeln von einer Hand in die andere.

»Was sollte mir auffallen?«

»Guck mal auf die Geburtsdaten. Die sind alle gleichalt, jedenfalls ungefähr. Alle 65 oder 66.«

»Und was willst du damit sagen?«

»Was könnte fünfzehn Menschen miteinander verbinden, die alle gleichalt sind?«

»Woher soll ich das wissen?«

»Kennst du jemanden, der genauso alt ist wie du?«

Die Neubert musste eine Weile überlegen.

»Meine beste Freundin – Katrin.«

»Und woher kennst du die?«

»Ach, die kenne ich schon lange. Die war mit mir in einer Klasse.«

Brandauer breitete seine Arme vor ihr aus und sah sie lächelnd an. Der Neubert ging ein Licht auf.

»Du meist, die haben ein Klassentreffen?«

»Genau das meine ich.«

»Und wie sollte uns das weiterhelfen?«

»Ich denke daran, was Schiller mir gestern gesagt hatte. Die Gruber hatte im September eine E-Mail erhalten, in der von einem Klassentreffen die Rede war, das Anfang des Jahres stattfinden sollte. Guck doch noch mal nach, wie alt die Gruber war, Beate.«

Die Kommissarin ging sichtlich erregt alle Datenblätter auf der Suche nach dem Blatt der Ermordeten durch.

»Luise Gruber, geb. 18.10.1959. Dann war sie jetzt 65, also genauso alt wie die an der langen Tafel.«

Die beiden sahen sich mit großen Augen an und man konnte förmlich hören, wie es in ihren Köpfen arbeitete.

»Du meinst, die war mit denen in einer Klasse, Franz?«

»Genau das denke ich gerade.«

»Aber warum saß die dann allein an einem Einzeltisch, am anderen Ende des Saals?«

»Wenn wir das rauskriegen, kommen wir der Lösung des Falls wahrscheinlich einen gewaltigen

Schritt näher«, vermutete Brandauer. »Wir sollten erst mal rauskriegen, ob wir überhaupt richtig liegen, mit unserer Vermutung, Beate. Schließlich haben wir ja von allen die Namen. Vielleicht taucht ja der eine oder andere Name in ihrem Tagebuch auf. Wenn das von 1974 ist, war sie damals 15. Wenn wir Glück haben, waren die zusammen auf der Oberschule, dann würde das zeitlich hinkommen.«

»Gute Idee, Franz. Wo ist der Karton eigentlich?«

»Keine Ahnung. Du hattest ihn zuletzt.«

Die Neubert sah verunsichert um sich und versuchte, sich zu erinnern.

»Ich hab den zuletzt gestern bei dir im Auto gesehen, Chef. Der wird noch auf der Rückbank stehen, wenn du ihn noch nicht mit rausgenommen hast.«

»Dann geh ich mal runter, nachsehen, wollte sowieso eine rauchen.«

Er griff sich Zigaretten und Feuerzeug und schnappte seinen Mantel. Seinen Kaschmirschal, den er grundsätzlich nie ablegte, verknotete er nur locker und dann war er auch schon auf dem Weg nach unten.

Zehn Minuten später stand er mit dem Schuhkarton unter dem Arm wieder in der Tür.

»Da ist das gute Stück.«

Die Neubert ignorierte den Rock und griff sich sofort das Tagebuch. Es hatte zwar ein kleines Schloss, das war aber nicht abgeschlossen.

»Ich schlage vor, ich lese das mal diagonal und immer dann, wenn ein Name auftaucht, sage ich ihn dir.«

Nach kürzester Zeit hatten sie sieben Vornamen und einige Spitznamen, die eventuell einen Hinweis auf die Nachnamen der genannten Personen geben konnten. Ein Vergleich mit den Namen der Gäste zeigte in fünf Fällen Übereinstimmung. Die Gewissheit, dass sie auf dem richtigen Weg waren, erhielten sie aber erst dadurch, dass eine der handelnden Personen im Tagebuch mit Vor- und Nachname genannt wurde: Klaus Stahmann.

Er saß auch in der 15-köpfigen Gruppe im Restaurant, hatte sogar Blickkontakt zur Ermordeten und kam ihrer Theorie zu Folge deshalb auch als Täter infrage.

»Okay, Beate. Jetzt wissen wir, dass es eine Verbindung des Opfers mit der Gruppe an der langen Tafel gab. Die Tatsache, dass es da irgendeinen Konflikt zwischen ihr und der Gruppe gegeben haben muss, ist nicht von der Hand zu weisen. Warum sonst sollte sie allein an einem anderen Tisch gesessen haben. Ich würde sogar so weit gehen zu behaupten, dass wir unter ihnen nach dem Mörder suchen müssen.«

»Aber warum hat keiner von ihnen die Gruber erkannt?«

»Der Mail war zu entnehmen, dass sie vorher nie an Klassentreffen teilgenommen hatte. Wenn sie nach der Schulzeit alle Kontakte abgebrochen hatte, haben die sich 50 Jahre lang nicht gesehen, Beate.«

»Und noch was sollten wir bedenken, Franz. Wir waren bislang immer davon ausgegangen, dass der Täter seinem Opfer ins Restaurant gefolgt war. Aber offensichtlich war es andersrum. Die Gruber hat das Restaurant aufgesucht, weil sie wusste, dass hier das geplante Klassentreffen stattfinden wird. Sie ist frühzeitig gekommen und hat sich gezielt einen Platz gesucht, der fernab von der langen Tafel lag, von der sie annehmen musste, dass sie für das Klassentreffen reserviert wurde. Aber was hatte sie vor?«

»Jedenfalls hatte sie nicht, wie wir vermutet hatten, auf jemanden gewartet«, war sich Brandauer jetzt sicher.

»Dann waren die Nachrichten, die sie auf ihrem Handy getippt hatte, vielleicht für jemanden gewesen, der in der Gruppe saß.«

»Vielleicht sogar für ihren Mörder. Zu blöd, dass wir die SIM-Karte nicht haben.«

Brandauer war schon wieder im Tigermodus. Er lief gemächlichen Schritts diagonal durchs Büro, beide Hände tief in den Hosentaschen vergraben und fixierte dabei seine Fußspitzen.

Die Neubert wusste, dass sie ihn in diesem Zustand nicht ansprechen durfte, damit er seinen Gedankenfaden nicht verliert. Nachdem er drei, vier Mal wortlos auf und ab gegangen war, verschaffte er seinen Gedanken zuerst zaghaft, dann immer sicherer werdend Gehör:

»Die Gruber fährt extra von Berlin nach Bad Freienwalde zu einem Klassentreffen, ... an dem sie überhaupt nicht teilnehmen wollte. ... Welchen Grund hatte sie dann? ... Warum hatte sie auch an den früheren Treffen nie teilgenommen? ... Hatte Sie mit jemandem in der Gruppe einen Konflikt? Wenn, dann müsste der doch in der Schulzeit zu finden sein, oder? Danach hatte sie ja keinen Kontakt mehr zu ihren Mitschülern.

Beate, ich denke wir müssen in ihrer Vergangenheit nach dem Schlüssel für das Mordmotiv suchen. Vielleicht solltest du dir doch mal das Tagebuch genauer ansehen.«

»Okay, das wird meine Bettlektüre für heute Abend. Ich mach dann für heute Feierabend, wenn du nichts dagegen hast. Hab sowieso noch reichlich Überstunden abzubummeln und meine Schwester wollte heute noch vorbeikommen.«

Sie fuhr ihren Rechner runter, raffte die Papiere, die sich auf ihrem Schreibtisch angesammelt hatten, zusammen und stutzte sie etwas zurecht.

»In Ordnung, Beate, dann fahre ich noch bei meinem Vater vorbei, um mein Gewissen etwas zu erleichtern. Vielleicht finde ich da ja auch die Mutter der Gruber. Wir sehen uns morgen.«

Brandauer schwang sich aus seinem Stuhl hoch, noch bevor seine Kollegin Ansätze zum Gehen zeigte, schnappte sich seinen Mantel und entschwand.

,*Typisch,* ‘ dachte die Kommissarin nur, erhob sich, fuhr auch seinen Rechner runter, schob den Müll, der sich im Laufe des Tages auf Brandauers Schreibtisch angesammelt hatte, in den Papierkorb und wusch und trocknete seine Kaffeetasse ab. Dann schloss sie das Kippfenster, sah noch einmal in die Runde, schnappte sich Jacke, Handtasche und das Tagebuch und verließ ebenfalls das Büro.

Kapitel 6

Brandauers Vater lebte seit zwei Jahren im Heim. Er musste seinen Hof nach einer Coronaerkrankung aufgeben und hatte ihn an seinen Sohn übergeben. Seitdem bewirtschaftete der Kommissar ihn. Wobei sich das *‚Bewirtschaften‘* in überschaubaren Grenzen hielt.

Eine kleine Streuobstwiese hatte er damals neben den fünf Hühnern übernommen, die er bis jetzt sträflich vernachlässigt hatte. Dabei hätte er Scharen von orthodoxen Frutariern glücklich machen können, mit den Massen an Fallobst, die er jedes Jahr erwirtschaftete.

Als der jetzt 91-Jährige ins Heim kam, konnte er noch allein am Stock gehen, ein halbes Jahr später brauchte er bereits einen Rollator. Inzwischen ging auch das nicht mehr. Er war ans Bett gefesselt und kam nicht einmal mehr allein bis zum Klo. Also pisste er ein. Dann lag er mit der vollgepissten Windel den ganzen Tag im Bett, bis sich jemand von den Pflegern erbarmte und sie wechselte.

Er war mittlerweile so dement, dass sich Brandauer vor jedem Besuch fragte, ob sein Vater ihn wohl noch erkennen wird. Wenn er sprach, hörte er sich an wie der alte Hoppenstedt in dem berühmten Loriot-Klassiker. Da er den ganzen Tag lang niemanden hatte, mit dem er sich unterhalten konnte, versagte ihm manchmal sogar die Stimme komplett. Es gab Tage, da war er kaum zu verstehen, weil er nur noch leise vor sich hin krächzte. An anderen Tagen sprach er recht deutlich, wenn auch meist total wirres Zeug.

Sein Alltag bestand eigentlich nur noch aus Essen und Schlafen. Nicht einmal mehr Lust zum Fernsehen hatte er. Wahrscheinlich auch deswegen, weil er inzwischen fast taub wahr. Das Hörgerät, das Brandauer ihm letztes Jahr für einen vierstelligen Betrag gekauft hatte, benutzte er nicht, weil er mit der Ladestation nicht klarkam und weil es ihn im Ohr drückte. Wie es um sein Sehvermögen bestellt war, wusste niemand.

Es hatte sich jedenfalls auch in seinem Beispiel bewahrheitet, dass Altwerden nichts für Feiglinge ist.

Es war gegen 16 Uhr, als Brandauer das Zimmer des Alten betrat. Es befand sich im 2. Stock im Westflügel des Seniorenzentrums der Stephanus-Stiftung und war so gelegen, dass ihm die Sonne, kurz vor dem Untergehen genau ins Zimmer schien. Jetzt war sie gerade am Untergehen. Allerdings war nichts davon zu merken, weil der Himmel den ganzen Tag über noch nicht einen Sonnenstrahl durchgelassen hatte.

»Hallo Vatter, wie gehts dir?«

Der alte Mann lag in seinem Bett und sah aus dem Fenster, wie eigentlich immer, wenn sein Sohn kam. Brandauer wiederholte seinen Gruß noch einmal deutlich lauter. Als der Alte seine Stimme hörte, drehte er seinen Kopf und blickte irritiert zur Tür, als müsste er einen Moment lang überlegen, wer ihn da grüßte. Doch dann schien er seinen Sohn zu erkennen.

»Ach, du bist's.«

»Wie gehts dir, Vatter?«

»Ach, hör mir auf, hier war was los, sag ich dir.«

Neuerdings empfing er seinen Sohn mit irgendwelchen skurrilen Geschichten, die er beteuerte, selbst erlebt zu haben. Brandauer hatte noch nicht durchschaut, ob er sie nur geträumt hatte oder ob er die Bilder dazu tatsächlich irgendwann vor seinem Auge gesehen hatte.

Zuweilen sah er auch Leute durch den Raum gehen, die gar nicht vorhanden waren. Zumindest konnte Brandauer sie nicht sehen. Deshalb war er schon ganz gespannt darauf, was ihm sein Vater heute für einen Bären aufbinden würde.

Er zog seinen Trenchcoat aus, legte ihn über die Stuhllehne und entknotete seinen Schal. Dann nahm er sich die kleine, weiße Gießkanne, die auf der Fensterbank stand und kümmerte sich um die Pflanzen im Zimmer. Wenn er es nicht tun würde, hätten sie keine Überlebenschance, weil die Pflegekräfte sich dafür keine Zeit nahmen.

»Was ist denn passiert, Vatter?«

»Hier war gestern ne Riesenüberschwemmung. Alles pitschnass.« Der Alte versuchte, mit weit aufgerissenen Augen und ausgebreiteten Armen die Größe des Ereignisses noch zu untermauern. »Meine ganzen Anzüge waren nass. Ich konnte kein Stück davon anziehen, musste alles auswringen.«

»Ach was«, mimte Brandauer den Erstaunten, während er mit der freien Hand prüfte, ob die Erde des Ficus etwas von der Überschwemmung abgekriegt hatte und noch feucht genug war.

Manchmal kam er sich vor wie im absurden Theater. Oft musste er an die 11. Klasse zurückdenken. Da hatten sie ,*Die kahle Sängerin*‘ von *Eugène Ionesco* gelesen. Da ging es inhaltlich ähnlich absurd zu, meinte er sich zu erinnern.

Er hatte sich längst abgewöhnt, dem Vater erklären zu wollen, dass er sich das alles nur einbildet, sondern war inzwischen dazu übergegangen, das Spiel mitzuspielen. Das fand er respektvoller und war letztlich sogar kurzweiliger.

»Und was hast du gemacht?«, hakte er nach.

»Was soll ich schon gemacht haben? Ich bin einmal den Gang hoch und runter und weil da keiner war, bin ich raus auf die Straße und hab die nächste Feuerwehr angehalten. Dann bin ich wieder hoch und hab alle Türen aufgerissen und die Leute evakuiert.«

»Na, da warst du ja ganz schön unterwegs.«

»Das kannst du aber laut sagen.«

»Und? Hast du heute Muskelkater?«

Der Alte kneistete und ruderte mit den Schultern vor und zurück.

»Geht so.«

»Und was wars? Rohrbruch?«

»Keine Ahnung. Aber es war alles pitschenass.«

Es folgte langes Schweigen, bis er begann, die gleiche Geschichte noch einmal zu erzählen. Manchmal musste sich Brandauer die Geschichten des Alten drei, vier Mal anhören und dabei jedes Mal so tun, als hörte er alles zum ersten Mal. Irgendwann entschloss er sich, in den Schienenkreis der Illusionen eine Weiche einzubauen und die Unterhaltung auf ein anderes Thema zu lenken.

»Was gabs heute zu Mittag, Vatter?«

Auf die Frage bekam er seit vierzehn Tagen immer die gleiche Antwort. Einfach deshalb, weil sich der Alte nicht mehr daran erinnern konnte. Vielleicht aber auch, weil ,Grüne Bohnen' sein Leibgericht war. Selbst eine halbe Stunde nach dem Essen hatte er bereits vergessen, was es gab. Nach längerem Nachdenken kam die Antwort.

»Grüne Bohnen!«

»Na ist doch toll. Die isst du doch gern.«

Brandauer war inzwischen mit Blumengießen fertig und setzte sich in den Rollstuhl seines Vaters, der vor dem Bett stand.

»Was hast du heute sonst noch so vor, Vater?«

Der Alte überlegte einen Augenblick angestrengt.

»Was soll ich schon machen? Hier ist ja nichts los. Vielleicht gehe ich noch zu Edgar rüber und frage ihn, ob wir ne Runde Boule spielen wollen.«

»Mach das, Vatter. Gute Idee.«

Er hielt es nicht für angebracht, seinen Vater darauf hinzuweisen, dass Winter ist und draußen eine dicke Schneeschicht liegt. Zumal Edgar, sein langjähriger Freund, bereits seit acht Jahren unter der Erde lag. Der alte Mann ruckelte sich im Bett zurecht, schloss die Augen und sagte:

»Ich denke, ich werde mich erst mal von den Strapazen ein bisschen ausruhen, Franz.«

Das war Brandauers Stichwort. Es war nie einfach für ihn, den Absprung zu kriegen, ohne das Gefühl zu haben, seinen Vater seinem Schicksal zu überlassen. Er wartete noch einen Augenblick, ob er die Augen wieder öffnen würde, aber sie blieben geschlossen.

»Na, dann lass ich dich mal'n bisschen schlafen.«

Brandauer nahm seinen Mantel und schlich sich aus dem Zimmer. Als er am Dienstzimmer der Pflegekräfte vorbeikam, klopfte er an und öffnete vorsichtig die Tür. Der Raum war leer. Er ging weiter bis zum Fahrstuhl und fuhr in den ersten Stock. Dort gab es an gleicher Stelle ein Dienstzimmer, in dem gerade eine junge dunkelhäutige Pflegerin saß und Kaffee trank.

»Entschuldigung, können Sie mir vielleicht sagen, ob hier im Haus eine Frau Gruber lebt?«

»Tut mir leid, weiß nicht. Fragen Sie besser Verwaltung«, antwortete sie in gebrochenem Deutsch.

Die Verwaltung war in einem anderen Trakt, erinnerte sich Brandauer. Und dann fiel ihm auch ein, dass dort nur bis 16 Uhr jemand zu erreichen war. Deshalb zog er es vor, noch so lange durchs Haus zu laufen, bis ihm eine weitere Pflegekraft begegnete. Doch auch die kannte keine Frau Gruber und so ging er schließlich unverrichteter Dinge zurück zu seinem Wagen und überlegte, ob es hier in der Stadt noch andere Seniorenheime gab.

Er hatte seinen Motor schon gestartet, da schlug er sich, erschrocken über seine eigene Blödheit, mit der flachen Hand an den Kopf und griff zu seinem Handy.

»Servus, Jochen. Ist Hansen noch da?«

»Sitzt neben mir, ich geb dich mal weiter.«

»Hallo, Herr Kommissar, was kann ich für Sie tun?«

»Sagen Sie Hansen, Sie haben doch die tollen Datenblätter gemacht. Die haben Sie doch bestimmt auf Ihrem Rechner abgespeichert. Gucken Sie doch bitte mal nach, wie das Mordopfer mit Mädchenname hieß.«

»Da muss ich nicht gucken, Herr Kommissar. Die hieß Wendland mit Mädchenname.«

»Super, Hansen, das war mir gerade eine große Hilfe.«

»Gerne, Herr Kommissar.«

Brandauer meinte zu hören, wie am anderen Ende der Leitung zwei Hacken zusammenschlugen, und legte auf. Er schaltete den Motor wieder aus und ging noch einmal zurück ins Heim. Bereits die erste Pflegekraft, die ihm begegnete, konnte ihm sagen, in welchem Zimmer Frau Wendland wohnte.

Er klopfte an und öffnete vorsichtig die Tür. Vor laufendem Fernseher saß eine alte Dame in ihrem Sessel. Sie hatte einen Kopfhörer auf und schien zu schlafen, so hoffte Brandauer jedenfalls. Er überlegte, wie er sich bemerkbar machen sollte, ohne die Alte zu

Tode zu erschrecken. Er ging bis an den Sessel ran, griff nach der Fernbedienung und betätigte die Power-taste.

Sofort öffnete sie ihre Augen und sah ihn konster-niert an. Der Kommissar versuchte, ihr mit Handzei-chen deutlich zu machen, dass es für jede weitere Ver-ständigung von Vorteil wäre, wenn sie ihren Kopf-hörer abnehmen würde, aber sie reagierte nicht.

Nach weiteren vergeblichen Versuchen entschloss er sich, ihn selbst vorsichtig abzunehmen und beiseite-zulegen.

»Schönen guten Tag, gnädige Frau«, begann er das Gespräch. »Entschuldigen Sie bitte die Störung. Sind Sie Frau Wendland?«

Die Frage war mehr als überflüssig, denn es stand draußen deutlich lesbar an der Tür. Aber irgendwie musste er mit der fremden Frau ja ins Gespräch kommen.

Die Unterhaltung, die sich daran anschloss, war für beide nicht einfach. Brandauer musste die rich-tigen Worte finden, um ihr den gewaltsamen Tod ihrer Tochter zu überbringen, und hatte es schnell bereut, nicht seine Kollegin mitgenommen zu haben, die mit solchen Situationen deutlich besser zurechtkam.

Er verzichtete darauf, ihr weitere Fragen zu stel-len, weil ihre Verfassung dies einfach nicht zuließ, und verabschiedete sich nach einer Viertelstunde.

Auf seinem Hof angekommen, machte er mit seinem Vierbeiner noch eine ausgiebige Runde über die

Felder. Er zündete sich eine Zigarette an und genoss das großartige Gefühl, einen Moment lang alles loszulassen und nur darauf zu achten, das Stöckchen so zu werfen, dass es nicht im tiefen Schnee verschwand.

Es dauerte aber keine fünf Minuten, da hatte ihn der Mord wieder eingeholt. Bald gelang es ihm nicht mehr, die Fragen, die ihm wie Blitze durch den Kopf schossen zu ignorieren, sodass er sich ihnen stellte.

Immer wieder fragte er sich, was die Frau dazu veranlasst haben mag, am Sonntag nach Bad Freienwalde zu kommen. War es in erster Linie ihre Mutter, die sie besuchen wollte? Leider hatte er es versäumt, sie zu fragen, ob die Tochter kurz vor ihrem Tod noch bei ihr war. Oder hatte sie den weiten Weg von Berlin nach Bad Freienwalde nur in Kauf genommen, um zu einem Klassentreffen zu fahren, an dem sie letztendlich nicht teilzunehmen beabsichtigte.

Welche soziale Stellung hatte sie in der Gruppe? War sie Außenseiterin? Sie war nicht die Attraktivste, deutlich zu dick und hatte einen mächtigen Busen. Wahrscheinlich hatte sie den schon früh in der Jugend. Wurde sie deswegen vielleicht gemobbt und ausgegrenzt?

All das waren Fragen, die ihre Mitschüler sicher am besten beantworten konnten. Brandauer nahm sich vor, so schnell wie möglich Kontakt zu ihnen aufzunehmen.

Kapitel 7

Diesmal war es die Neubert, die ruhelos im Büro auf und ab ging, als Brandauer am nächsten Morgen durch die Tür trat.

»Du glaubst es nicht, Franz«, empfing sie ihn aufgeregt.

»Morgeeen!«, ahmte er sie nach. Offensichtlich fehlte ihm ihre Standardbegrüßung.

»Morgen, Chef. Aber du wirst es nicht glauben.«

Brandauer übergab dem Kleiderständer seinen Mantel und entknotete entspannt seinen Schal.

»Bevor ich nicht meinen Kaffee kriege, glaube ich sowieso nichts, Beate.«

»Oh Mann, ich fasse es nicht.«

Sie ruderte wie eine Furie mit den Armen und sprintete zur Kaffeemaschine. Filter wechseln, Kaffeepulver rein, Wasser auffüllen, Kanne platzieren, einschalten. Die Jungs beim Boxenstopp in der Formel 1 hätten es nicht schneller hingekriegt. Dann stellte sie sich vor ihn, beide Hände in die Hüften gestützt:

»Zufrieden? Kann ich jetzt endlich erzählen oder wollen wir erst noch warten, bis das Wasser durchgelaufen ist?«

Brandauer ließ sich in Zeitlupe in seinen Bürostuhl fallen und sah seine Kollegin erwartungsvoll an:

»Was gibts denn so Interessantes?«

»Die Gruber ist vergewaltigt worden, Franz, von drei Jungen aus ihrer Klasse.«

»Wie jetzt? Im Restaurant?«

»Quatsch, damals im Ferienlager.«

»Das ist in der Tat interessant.«

»Das ist interessant?«, fragte sie aufgewühlt. »Das ist eine Sauerei, Chef!«

Brandauer hob die Arme und lehnte sich ein Stück zurück, um nicht von ihr gefressen zu werden.

»Hast recht, Beate, ist natürlich ne Sauerei. Wollte ja auch nur sagen, dass das mit Blick auf ein mögliches Motiv interessant ist. Aber erzähl mal im Zusammenhang.«

»Sie hat ihrem Tagebuch in allen Einzelheiten anvertraut, wie sie während eines Ferienlagers im Januar 1974 von drei Mitschülern missbraucht wurde.«

Ihre Stimme überschlug sich fast beim Reden.

»Sie haben sie in den Schnee gezerrt, wo sie zunächst ihren Pullover hochziehen musste, um ihnen ihre Brüste zu zeigen. Dann haben sie sie gezwungen, sich hinzulegen und haben sich der Reihe nach an ihr vergangen.«

»Ist ja unglaublich. Hat sie Namen genannt?«

»Ja. Sie schreibt ›*Ekki, Rocker und der Neue*‹ seien über sie hergefallen.«

»Na super! Hätte sie sich nicht ein bisschen deutlicher ausdrücken können? Guck doch mal nach, ob ein Eckerhard beim Klassentreffen war, Beate.«

»Hab ich schon. War nicht!«

Brandauer griff sich die Datenblätter und sah sie selbst noch mal hastig durch.

»Mist, weder Ekkehard noch Eckerhard.«

»Den Rock wird sie wahrscheinlich aufgehoben haben, weil man auf ihm Sperma der Täter nachweisen kann«, mutmaßte die Neubert.

»Aber nicht mehr nach 50 Jahren, Beate.«

»Meinst du nicht?«

»Selbst auf ungewaschenen Kleidungsstücken geht das maximal nur zehn Jahre lang.«

»Woher weißt du so was?«

»Hab ich mal gelesen.«

»Aber da gibt es noch was, Chef.«

Die Neubert ging zu ihrem Schreibtisch und kam mit einem Foto zurück.

»Unter dem Rock lag dieses ausgeblichene Polaroidfoto. Viel kann man nicht mehr darauf erkennen, aber es sieht aus wie ein Klassenfoto, finde ich.«

Sie gab es Brandauer. Der sah es sich an und hielt es gegen das Fenster.

»Sie hat die Gesichter zweier Mitschüler mit einer Schere oder einem anderen spitzen Gegenstand durchstochen.«

»Vielleicht waren es zwei der drei Vergewaltiger?«

»Aber warum nur zwei?«

»Vielleicht war der Dritte nicht auf dem Foto drauf.«

»Das wäre natürlich eine Erklärung. Ich glaube, jetzt brauchen wir Unterstützung. Mindestens durch Kaffee.«

Im Hintergrund machte die Kaffeemaschine schon seit geraumer Zeit durch ein blubberndes Geräusch darauf aufmerksam, dass das Wasser bereits vollständig durchgelaufen war. Brandauer stand auf, goss sich seinen Kaffee ein, nahm vorsichtig einen ersten Schluck und setzte sich wieder.

»Wir sollten Kontakt zu den ehemaligen Mitschülerinnen aus ihrer Klasse aufnehmen, denke ich, um mehr zu erfahren.«

Er nahm sich noch einmal die Datenblätter vor.

»Die hier wohnt in Neuenhagen. Die laden wir uns vor. Mach du das mal. Von Frau zu Frau.«

Er schob das Datenblatt von Margot Herrmann zu seiner Kollegin rüber und nahm einen zweiten Schluck Kaffee. Die Neubert sah es sich einen Moment lang an und griff zum Telefon. Nach dem dritten Klingeln nahm jemand ab.

Eine Viertelstunde später saß ihnen Margot Herrmann gegenüber.

»Schön, dass Sie gleich Zeit hatten, Frau Herrmann. Wir haben Sie gebeten vorbeizukommen, weil wir hoffen, dass Sie uns vielleicht weiterhelfen können«, eröffnete Brandauer die Befragung.

»Ich fürchte, da muss ich Sie enttäuschen, Herr Kommissar. Ich habe nichts von dem Mord mitbekommen.«

»Wir gehen im Augenblick davon aus, dass Sie sich am Sonntag im Restaurant Stadtmitte zu einem Klassentreffen eingefunden hatten. Ist das richtig?«

»Ja das ist korrekt, Herr Kommissar. Wir waren zusammen auf der Oberschule. Das ist jetzt ziemlich genau 50 Jahre her.«

»Von welcher Schule reden wir hier, wenn ich fragen darf?«

»Damals hieß sie 3. Polytechnische Oberschule. Das war in Wriezen. Für uns war es immer nur die POS.«

»Wir glauben inzwischen, dass auch die Tote eine Mitschülerin von Ihnen war.«

»Das kann nicht sein«, wehrte sie die Vermutung kopfschüttelnd ab. »Wir saßen doch alle noch beisammen.«

»Es war niemand aus Ihrer Gruppe. Die Frau hatte nicht an Ihrem Treffen teilgenommen, sondern abseits gesessen.«

Die Herrmann führte erschrocken eine Hand zum Mund und sah ungläubig zur Neubert.

»Ist das wahr?«

»Sagt Ihnen der Name Luise Gruber etwas?«, fuhr der Kommissar fort.

»Luise Gruber? Nee, die gab es in unserer Klasse nicht.«

Man spürte die Erleichterung, mit der sie das sagte. Brandauer nahm sich noch einmal das Datenblatt der Gruber zur Hand.

»Vielleicht hätte ich besser Luise Wendland sagen sollen. Das war ihr Mädchenname.«

»Luise Wendland, ja, die hatten wir in der Klasse. Aber die hatte nicht mit uns den Abschluss gemacht.«

»Könnten Sie uns da was Genaueres zu sagen?«

»Jaaa, wie war das damals?«, überlegte sie und sah angestrengt an die Decke. Dann schienen die Erinnerungen allmählich zurückzukommen.

»Das war irgendwie seltsam. Wir waren in der Neunten im Januar zusammen im Ferienlager und dann war sie plötzlich weg und keiner hat sie mehr gesehen.«

»Können Sie sich vielleicht an einen konkreten Vorfall erinnern, der dazu führte, dass sie ...«, Brandauer malte mit Zeige- und Mittelfinger beider Hände Gänsefüßchen in die Luft, » ... ‚*plötzlich weg*‘ war?«

»Mein Gott, das ist ja schon so lange her. Ich war auch nicht mit ihr befreundet, wissen Sie.«

»Hatte sie denn eine enge Freundin?«, schaltete sich die Neubert in das Gespräch ein.

»Wenn Sie mich jetzt so fragen, würde ich sagen, dass sie eher isoliert war. Vielleicht fragen Sie da besser noch mal Frau Weichert«, winkte sie ab und lachte. »Die konnte Sonntag Geschichten erzählen, an die konnte sich keiner mehr von uns erinnern.«

Brandauer kramte in seiner Datensammlung, bis er fündig wurde.

»Ilona Weichert?«

»Genau die, Herr Kommissar.«

Brandauer hatte das Gefühl, genug gehört zu haben. Er stand auf und hob seine Hand zum Gruß.

»Okay, dann danke ich Ihnen für Ihren Besuch. Sie haben uns sehr geholfen.«

»Aber gern, Herr Kommissar.«

Sie war aufgestanden und schon fast an der Tür, da fiel Brandauer ein, was er sie noch fragen wollte.

»Ach sagen Sie, hatten Sie auch einen Ekki und einen Jungen, den sie *Rocker* nannten in der Klasse?«

»Ekki ... Rocker ...«, überlegte sie. »Haben Sie auch die Nachnamen?«

»Nein leider nicht. Wir hatten eher die Hoffnung, dass Sie uns sagen könnten, wer sich hinter den Namen verbirgt.«

»Ich werde vor dem Einschlafen noch mal drüber nachdenken. Wenn es mir einfällt, rufe ich Sie an. Versprochen.«

»Aber bitte nicht mitten in der Nacht.«

Man lachte noch einmal herzlich und verabschiedete sich. Als sich die Tür hinter der Herrmann schloss, sagte Brandauer:

»Na, wer sagt's denn. Es geht doch voran. Leider wohnt die Weichert ziemlich weit weg. Aber wir haben ja ihre Telefonnummer.«

Er griff zum Telefon und hatte sie kurz darauf an der Strippe. Sie hatte in der Tat ein phänomenales Gedächtnis und konnte sich noch an viele Einzelheiten von damals erinnern. Zum Beispiel daran, dass die Gruber von ihrer Mutter vorzeitig aus dem Ferienlager abgeholt wurde, wohl wegen Unterleibsschmerzen. Allerdings wurde sie dann direkt von der Schule abgemeldet und ward nicht mehr gesehen. Niemand aus der Klasse hatte wieder etwas von ihr gehört, glaubte sie zu wissen.

»Sagen Ihnen die Namen Rocker und Ekki etwas?«, hatte der Kommissar dann auch die Weichert noch gefragt.

»Wir hatten einen in der Klasse, der schon mit 14 ein Moped besaß und immer Lederklamotten trug. Den nannten alle Rocker. Sein richtiger Name war Egon Kramer.«

Brandauer nahm sich die Liste mit den Namen derer, die beim Klassentreffen waren, und suchte den Genannten.

»Wie es aussieht, war der nicht beim Klassentreffen, oder?«

»Das war auch schlecht möglich, Herr Kommissar, der ist schon sehr jung bei einem Motorradunfall ums Leben gekommen.«

»Wissen Sie darüber etwas Genaueres, Frau Weichert?«

»Ich erinnere mich nur daran, es damals in der Zeitung gelesen zu haben.«

»Können Sie sich noch daran erinnern, wann das war?«

Brandauer hörte plötzlich mehrere Sekunden lang nichts mehr.

»Hallo? Frau Weichert? Sind sie noch dran?«

»Ja, ja. Ich überlege gerade. Ich glaube, das war im gleichen Jahr, in dem meine Großmutter starb ... 1978.«

»Und Ekki?«

»Ekki ... Ekki?«, überlegte sie. »Ich glaube, der lebt auch schon lange nicht mehr. Aber beschwören könnte ich es nicht.«

»Können Sie sich erinnern, ob damals jemand erst kurz vor der Fahrt ins Ferienlager neu auf die Schule kam?«

Wieder dachte sie angestrengt nach.

»Nee, wüsste ich jetzt nicht. Ist aber auch wirklich schon lange her.«

»Dann hätte ich eigentlich nur noch eine Frage. Hatten Sie das Gefühl, dass sich Sonntag Abend jemand aus Ihrer Gruppe irgendwie auffällig verhalten hat?«

»Mein Gott, auffällig ... man sieht sich ja so selten. Eigentlich kennt man sich ja gar nicht richtig. Wie soll man da wissen, ob sich jemand auffällig verhält.«

»Verstehe.«

»Wir haben uns unterhalten ... über alte Zeiten. Jeder hat irgendeine Anekdote zum Besten gegeben. Das war ein bisschen wie Puzzeln, verstehen Sie, was ich meine?«

»Kann ich mir vorstellen.«

»Der Einzige, der nicht richtig mitgemacht hat, war Harald. Der war die meiste Zeit mit seinem

Handy beschäftigt. Musste wahrscheinlich gucken, was die Zahl seiner Follower macht«, spottete sie.

»Okay, haben Sie vielen Dank.«

Man verabschiedete sich mit der Bitte, dass sie sich noch einmal melden solle, falls ihr noch etwas einfallen sollte.

»Lass uns mal recherchieren, ob wir im Netz noch was über diesen Motorradunfall finden«, schlug Brandauer vor. »Immerhin stand es ja damals in der Zeitung.«

»Aber 1978 gab es noch kein Internet, Chef.«

»Da hast du natürlich recht. Dann sollten wir besser in den Zeitungsarchiven nachforschen.«

Die Kommissarin machte sich sofort an die Arbeit. Sie fand wie erwartet unter den Stichworten *Egon Kramer* und *Motorradunfall* nichts im Internet. Allerdings war sie erfolgreich, als sie sich direkt an die lokale Presse wandte. Die *Märkische Allgemeine* war die Zeitung, die seinerzeit über den Unfall berichtete und den Artikel noch im Archiv hatte.

Ihm war zu entnehmen, dass man damals Hinweise hatte, dass die Bremsanlage manipuliert war. In einem späteren Artikel schloss man einen Unfall jedoch nicht mehr aus, weshalb man die Untersuchung eingestellt hatte.

»Denkst du auch, was ich denke?«, fragte der Kommissar seine Kollegin, nachdem sie ihm beide Artikel vorgelesen hatte.

»Du glaubst, dass die Gruber ihren Vergewaltiger umgebracht hat?«

»Wäre doch denkbar, oder?«

»Und dass auch der zweite keines natürlichen Todes starb?«

»Vielleicht?«

»Deshalb auch die beiden Löcher im Foto. Dann ist sie eventuell hier gewesen, um hier den Dritten umzubringen«, schloss die Neubert.

»Aber erst fünfzig Jahre später? Warum sollte sie solange damit warten?«

»Vielleicht hatte sie ihn aus den Augen verloren.«

»Das wäre natürlich möglich. Und nun hoffte sie, ihn hier auf dem Klassentreffen eliminieren zu können.«

»Und der kam ihr zuvor.«

»Wir müssen unbedingt rauskriegen, wer dieser unbekannte Dritte ist, Franz.«

Brandauer ging an die Fotowand und entfernte hastig die Fotos sämtlicher Gäste mit Ausnahme der Männer, die am Klassentreffen teilnahmen, und warf sie schwungvoll in den Papierkorb, der neben seinem Schreibtisch stand.

Dann nahm er sich den Stapel mit den Datenblättern und sah nach, wer von denen Blickkontakt mit dem Opfer hatte. Es waren immerhin fünf: Einer von ihnen war jener Klaus Stahmann, der die Gruber über das Klassentreffen informiert hatte. Ein kleiner, eher schmächtiger Mann mit einem Kinnbart in einem weinroten Pullover. Der Zweite war ein großer, kräftiger mit Glatze und gestreiftem T-Shirt, der Dritte der schauspielernde Reporter, dessen Namen sie zwar inzwischen aus dem Datenblatt kannten, der ihnen aber nichts sagte. Dann gab es noch einen unscheinbaren Typ in grauem Nadelstreifen und einen Althippie mit Vollbart und Rollkragenpulli.

»Einer von ihnen ist der unbekannte Dritte, Beate.«

»Was hältst du davon, wenn wir denen einen Besuch abstatten und ihnen ein bisschen auf den Zahn fühlen.«

»Das ist eine ganz wunderbare Idee, Frau Oberkommissarin. Lass uns am besten gleich damit anfangen. Du kannst ja schon mal eine Route zusammenstellen. Ich geh inzwischen eine rauchen.«

»Manchmal habe ich das Gefühl, du hast dir das Rauchen nur angewöhnt, um ständig Pause machen zu können, Chef.«

Brandauer griff sich seine Rauchutensilien und den Mantel und zwinkerte ihr im Rausgehen lächelnd zu.

Als sie ins Auto stiegen, war ihnen noch nicht so recht klar, welche Strategie sie im Gespräch mit den Verdächtigen verfolgen sollten.

Da sie gegen keinen der Männer einen Anfangsverdacht hatten, der sich auf irgendwelche Indizien hätte stützen können, ging es eher um eine Befragung als um ein Verhör. Sie waren schon eine Weile unterwegs, da sagte Brandauer zu seiner Kollegin:

»Ich denke, wir sollten gar nicht auf die Tat zu sprechen kommen, Beate, wenn wir gleich mit den

Herrschaften reden. Lass uns eher im scheinbar Belanglosen bleiben und sehen, ob es in den Antworten auffällige Widersprüche gibt.«

»Geht klar, Chef. Aber ein bisschen Erkenntnisgewinn wäre jetzt auch nicht schlecht.«

»Lass mich mal machen.«

Die Neubert warf empört ihren Zopf mit der Hand zurück und sah ihn mit einem vernichtenden Blick an.

»Hallooo? Mich hältst du wohl für zu blöd, oder was?«

»Quatsch, so war das nicht gemeint.«

»Das will ich doch hoffen. Wir müssen übrigens die nächste links.«

Der Erste, den sie auf der Liste hatten, die sie heute abarbeiten wollten, war Herbert Meinrat. Das war der große, kräftige mit der Glatze. Er wohnte in Lüdersdorf in der Dorfstraße. Sie hatten sich telefonisch angekündigt. Brandauer bog ab und fragte:

»Ist das schon die Dorfstraße?«

»Ja, ist sie schon. Wir müssen aber noch ein Stück geradeaus.«

Die Neubert hatte sich schnell wieder beruhigt. Sie hatte den Ordner mit den Datenblättern und der Liste der Verdächtigen auf dem Schoß und versuchte Brandauer mit der App ans Ziel zu bringen.

»Da vorne müssen wir rechts, dann sollte es das zweite Haus auf der linken Seite sein.«

So war es. Sie parkten direkt gegenüber vom Grundstück und klingelten. Es dauerte einen Moment, dann erschien eine kleine Frau in der Haustür.

»Sie müssen kräftig drücken, Herr Kommissar. Das Tor klemmt ein bisschen.«

Brandauer drückte, aber es tat sich nichts. Erst, als er sich mit der Schulter dagegen warf, gab das Tor krachend nach. Der Weg bis zum Haus war nur notdürftig vom Schnee befreit, sodass sie, an der Haustür angekommen, erst einmal ordentlich den Schnee von Hose und Schuhen abklopfen mussten, bevor sie eintreten konnten.

»Mein Mann ist noch nicht dazu gekommen, den Weg freizumachen. Er hat es seit zwei Tagen im Kreuz, wissen Sie. Und mir fällt das zu schwer. Aber kommen Sie erst mal rein.«

Die kleine Frau trat einen Schritt zur Seite und ließ die Kommissare durch. Sie streckte ihnen ihre kurzen Arme entgegen, mit den Worten:

»Ihren Mantel und Ihre Jacke können sie mir gleich geben. Ich hänge die Sachen hier auf.«

Nachdem sie abgelegt hatten, wurden sie ins Wohnzimmer gebeten, wo Herbert Meinrat schon auf sie wartete.

»Sie entschuldigen bitte, wenn ick sitzen bleibe, ick habs im Kreuz.«

Er reichte ihnen von seinem Fernsehsessel aus die Hand. Da die Neubert ihren Chef kannte und befürchtete, dass er auf die Geste nicht reagieren wird, drängelte sie sich an ihm vorbei und bot Meinrat ihre Hand zum Gruß an. Er nahm sie irritiert an und wies Ihnen einen Sitzplatz auf der Couch an.

»Kann ick Ihnen wat anbieten? Kaffe, Tee oder'n Wasser vielleicht?«

Brandauer und seine Kollegin sahen sich fragend an und dann antworteten sie gleichzeitig mit »Ja gerne«, und »Nein danke.« Woraufhin sie sich wieder ansahen und das Ganze zur allgemeinen Erheiterung noch einmal umdrehten.

»Nein danke.«

»Ja gerne.«

»Also gut, dann nehme ich einen Kaffee«, entschied Brandauer.

»Und ich würde ein Wasser nehmen«, sagte die Neubert lächelnd.

»Mit oder ohne Sprudel?«

»Mit, bitte.«

Während sich Frau Meinrat umdrehte und das Zimmer verließ, um sich um die Getränke zu kümmern, nahm man auf der Couch Platz und versackte in ihr wie auf einem Wasserbett. So nah waren sie sich schon lange nicht mehr gekommen. Der Versuch, Abstand voneinander zu halten, endete stets damit, dass sie immer wieder zur Couchmitte drängten.

Brandauer fragte sich, wie er da nachher ohne Hilfe wieder rauskommen wird. Gegenüber dem großgewachsenen Herbert Meinrat kam er sich plötzlich vor wie ein kleiner Junge. Ein Setting, dass ihm Unbehagen bereitete. Er hatte es bei Befragungen nicht gern, zu seinem Gegenüber aufblicken zu müssen.

»Wat kann ick für Sie tun, Herr Kommissar? Haben Sie den Mörder schon gefasst? Aber wahrscheinlich nich«, winkte er ab, »sonst wären Se wahrscheinlich nich hier, oder?«

»Stimmt. Wir sind leider noch ganz am Anfang«, gab ihm Brandauer recht. »Wir wollen erst mal versuchen rauszukriegen, wie es überhaupt zu der Tat kommen konnte. Wir haben schon mit anderen Gästen gesprochen, die mit an Ihrer Tafel saßen und wissen bereits, dass Sie ein Klassentreffen hatten.«

»Ja stimmt. War mal wieder Zeit. Det letzte hatten wir vor zehn Jahren.«

»Haben Sie sich zu ihren Klassentreffen immer im Restaurant Stadtmitte getroffen?«

Während Meinrat antwortete, stellte seine Frau die Getränke auf dem Tisch ab und verschwand wieder.

»Ja, Dit hatte schon Tradition. Wir waren ja hier in der Nähe in der Schule, in Wriezen.«

»Im Restaurant waren Sie nur zu fünfzehnt. Können Sie sich noch daran erinnern, wie viele Schüler Sie damals in der Klasse waren?«

»Oh Jott, nee, dafür is dit zu lange her. Vielleicht 25?«

»Haben Sie vielleicht noch Klassenfotos von damals?«

»Wenn, denn wüsst ick nich wo. Wofür is dit wichtig, Herr Kommissar?«

»Das war jetzt mehr privat. Mein Vater war auch auf der Schule, wissen Sie.«

Brandauer hoffte, dass Meinrat nicht nachrechnen würde, denn sein Vater war ja 25 Jahre älter als der Meinrat und Brandauer wusste nicht, ob es die Schule vor 80 Jahren überhaupt schon gab. Deshalb wechselte er schnell das Thema.

»Waren denn mehr Jungen oder mehr Mädchen in der Klasse?«

»Ick glaube, wir hatten nur zehn Mädchen.«

»Können Sie sich noch an die erinnern?«

»Ach wissen Se, wir Jungs haben uns eigentlich mehr für Fußball als für die Mädchen interessiert. Deshalb sind mir die Namen nich mehr präsent. Bis uff die, die och beim Klassentreffen waren, natürlich. Ick schätze ma, die Namen hatte sich ihr Kollege notiert. Viele sind ja och nach dem Mauerfall in den Westen gegangen.«

»Hatten Sie auch eine Luise in der Klasse?«

Brandauer sah ihm tief in die Augen. War da ein Flackern zu sehen, ein Blinzeln, irgendeine Irritation?

»Ach, Luise. Kein Mädchen ist wie diese«, fing er auf einmal an zu singen. »Wer hatte dit gleich jesungen? Peter Alexander?«

Brandauer und die Neubert sahen sich befremdet an und zuckten nicht wissend die Schultern.

»Da war ene, die war nich bis zum Schluss in unserer Klasse«, sagte er dann mit geheimnisvollem Unterton. »Aber hieß die nich Annelise?«

Für den Kommissar fiel die Reaktion nicht so aus, als hätte der Meinrat mit der Gruber was gehabt. Deshalb kürzte er die Sache ab und fragte:

»Waren Sie von Anfang an in der Klasse?«

»Ja, klar!«

»Können Sie sich an einen Mitschüler erinnern, der erst gegen Ende Ihrer Schulzeit neu auf die Schule kam?«

Meinrat überlegte wieder.

»Wissen Se, dit liegt allet so ewig lange zurück. Wenn diese Klassentreffen nicht wären, würde ick mich an nüscht mehr erinnern.« Er winkte lachend ab.

Der Kommissar erhob sich, nahm noch schnell einen Schluck Kaffe, wenn auch eher aus Höflichkeit. Denn das, was man ihm da servierte, hatte nicht viel mit Kaffee zu tun.

»Okay, haben Sie vielen Dank.«

Während die Neubert ihrem Gastgeber die Hand reichte, verschwand die des Kommissars sofort in seiner Hosentasche.

Als sie wieder im Auto saßen, sah die Neubert zu ihm rüber und fragte:

»Was hast du für'n Gefühl?«

»Der wars nicht.«

»Denke ich auch.«

»Wer ist der Nächste?«

»Klaus Stahmann. Das ist der kleine Schmächtige mit dem Kinnbart, von dem die Gruber die Einladung hatte. Ehrlich gesagt sieht der für mich weder wie ein

Vergewaltiger aus, noch traue ich ihm zu, die Gruber erdrosselt zu haben.«

»Vor allem hätte er als einer der Täter die Gruber nicht zu dem Treffen eingeladen. Wen haben wir noch auf der Liste?«

»Den Althippie mit dem Vollbart.«

»Der wohnt wo?«

»Gar nicht so weit weg, in Torgelow.«

»Dann nehmen wir erst mal den.«

»Fahren wir auf Verdacht hin, oder soll ich ihn anrufen?«

»Ach, den überraschen wir einfach«, entschied der Kommissar.

Hubert Griesinger lebte mit Frau und Mutter auf einem kleinen Hof am Ortseingang von Torgelow. Die Befragung ergab, dass auch er von Anfang an in der Klasse war und dies mit seinen Zeugnissen sogar belegen konnte. An Luise Gruber, alias Wendland hatte er keinerlei Erinnerung mehr.

Als die Kommissare wieder im Wagen saßen und überlegten, wem sie als Nächstes einen Besuch abstatten sollten, drehte sich Brandauer zu seiner Kollegin und sagte:

»Weißt du, was an unserer Geschichte nicht stimmt, Beate?«

»Sag's mir!«

»Wir gehen doch inzwischen davon aus, dass die Gruber dabei war, ihre drei Vergewaltiger aus dem Weg zu schaffen. Zwei hatte sie schon beseitigt, der

Dritte sollte wahrscheinlich auf dem Klassentreffen dran glauben. Jedenfalls sehen wir keinen anderen Grund, warum sie sonst den Weg von Berlin hierher hätte auf sich nehmen sollen. Stimmst du mir da zu?«

»Ich denke, so war es, ja«, bestätigte die Kommissarin Brandauers Ausführungen.

»Dann sage mir doch bitte mal, womit sie unseren unbekannten Dritten eigentlich hätte ermorden wollen. Die hatte ja nicht mal ne Nagelfeile in ihrer Handtasche. Ich frage mich inzwischen, ob sie den Mann, den wir hier suchen, überhaupt umbringen wollte.«

»Was sollte sie sonst mit dem vorgehabt haben? Die beiden anderen hatte sie doch wahrscheinlich auch umgebracht.«

»Sie stand mit hunderttausend Euro bei ihrem Ex in der Kreide und hatte ihm vor einigen Wochen zugesichert, ihn bis Ende des Monats auszuzahlen. Woher hatte sie das Geld plötzlich?«

»Vielleicht sollten wir mal einen Blick in ihre Konten werfen, Chef.«

»Das sollten wir unbedingt, Beate. Aber lass uns erst mal zu Mario gehen, ich kriege langsam Hunger. Danach sehen wir dann weiter.«

Brandauer wendete seinen Landrover und fuhr zurück nach Bad Freienwalde.

Wenig später saßen sie bei Mario im ‚*La Famiglia*‘. Der Kommissar hatte sich als Vorspeise Vitello Tonnato bestellt und für den Hauptgang Linguine al Gamberoni ausgeguckt. Seine Kollegin beschränkte sich auf einen Insalata Primavera con Petto di Pollo, der zeitgleich mit den Linguine für den Commissario serviert wurde.

Das Bemühen beider, mal für eine Viertelstunde abzuschalten und nicht über den Fall zu sprechen, hatte zur Folge, dass sie stumm dasaßen und sich jeder für sich allein seine Gedanken machte. Sie hielten es erstaunlich lange durch. Bis Brandauer allmählich unruhig wurde. Als sein Espresso kam, stocherte die Kommissarin immer noch in ihrem Salat herum.

Er kippte ihn hinter und sah ihr wie hypnotisiert zu. Nach einer Weile blickte er nervös auf seine Uhr.

»Das macht mich fertig, Beate, wie langsam du isst. Könntest du dich ein bisschen beeilen. Ich will endlich, dass wir weitermachen.«

Sie sah von ihrem Teller auf und sagte:

»Und ich dachte, du wolltest mal abschalten.«

»Geht nicht. Ich finde den Schalter nicht.«

Wieder im Büro angekommen, griff Brandauer zum Telefon und wählte die Nummer des Staatsanwaltes. Eine halbe Stunde später hatten sie die Genehmigung, Einblick in das Konto der Toten zu nehmen. Sie besaß kein Schließfach, keine Lebensversicherung, keine Wertpapiere und hatte knapp viertausend Euro auf dem Konto. Sie fanden nichts, was sie auf die Schnelle hätte zu Geld machen können. In den zurückliegenden Wochen und Monaten gab es keine auffälligen Kontobewegungen. Sie hatte keine größeren Beträge abgehoben.

»Woher wollte die Gruber das Geld nehmen, Beate?«

»Vielleicht hatte sie im Lotto gewonnen.«

»Das glaubst du nicht im Ernst, oder?«

»Nee, natürlich nicht.«

»Weißt du, was ich eher glaube? Vielleicht hat sie eine Chance darin gewittert, dass Geld von ihrem dritten Vergewaltiger zu erpressen.«

»Nach fünfzig Jahren? Du weißt schon, dass Sexualdelikte spätestens nach dreißig Jahren verjährt sind. Wie willst du da jemanden erpressen? Zumal der Täter damals noch ein Jugendlicher war und wie du selbst bereits sagtest, auf dem Rock keine Spermaspuren mehr detektiert werden können.«

»Da hast du natürlich recht, Beate.«

Brandauer erhob sich von seinem Stuhl, stellte sich vor das Fenster und guckte ein großes Loch in die Luft. Die Neubert hatte ihre Füße auf den Schreibtisch gelegt, sah ihm zu und versuchte sich vergeblich im Gedankenlesen.

»Der Vergewaltiger von damals muss jemand sein, der viel zu verlieren hat«, mutmaßte der Kommissar. »Selbst, wenn er nicht mehr strafrechtlich belangt werden kann und die Tat nicht mehr zu beweisen ist. Allein dadurch, dass er mit der Tat konfrontiert wird, verstehst du?«

Brandauer sah seine Kollegin prüfend an. Sie nahm seinen Gedanken auf:

»Also ist es jemand, der in der Öffentlichkeit steht und um sein Image fürchten muss, glaubst du?«

»Zum Beispiel. Die sind jetzt mit ihren 65 oder 66 Jahren allesamt angehende Rentner oder Pensionäre. Haben also ihr Berufsleben hinter sich. Wir müssen innerhalb dieser Gruppe nach jemandem suchen, der noch eine Karriere vor sich hat und sich einen Imageverlust nicht leisten kann.«

»Dann sollten wir unsere Verdächtigen vielleicht mal googeln. Vielleicht weiß ja das Internet was, was wir nicht wissen.«

Kapitel 8

Mittlerweile war es Freitag. Beide hatten bereits Stunden im Internet verbracht. Der unscheinbare Typ im grauen Nadelstreifenanzug aus der ominösen Gruppe der Verdächtigen hatte die Kommissare mit seinem Allerweltsnamen, *Martin Schulz*, allein einen halben Tag gekostet.

Klar war, dass es nicht um den 2017 so grandios gescheiterten Kanzlerkandidaten der SPD ging. Der Zusatz ‚Köln‘, die Stadt, in der unser Mann jetzt lebte, förderte bei der Googlesuche einen viel zu jungen Vertriebsmitarbeiter und einen ebenfalls viel zu jungen Handballer namens Lukas Martin Schulz zu Tage, der kürzlich erfreulicherweise seinen Vertrag beim Longericher SC verlängerte, sowie einen leitenden Angestellten eines bekannten deutschen Zwiebackproduzenten. Alles keine Männer, die so in der Öffentlichkeit standen, dass sie sich meuchelmordend gegen unhaltbare Beschuldigungen, die 50 Jahre zurückliegen, zur Wehr setzen müssten.

Klaus Stahmann, der kleine schmächtige Mann mit dem Kinnbart und dem weinroten Pullover, den sie schon vorab nach optischer Sichtung mangels Eignung aussortiert hatten, kannte das Internet auch nicht, sodass er eigentlich nicht einmal Wert gewesen wäre, an dieser Stelle noch einmal namentlich erwähnt zu werden.

»Vielleicht sollten wir noch einmal zur Mutter von Luise Gruber fahren«, schlug die Neubert gegen Mittag vor. »Ihre Tochter wird ihr ja damals erzählt haben, was ihr zugestoßen war. Vielleicht hatte sie ja ihr gegenüber auch Namen genannt.«

»Die Idee ist gut, die könnte von mir sein. Das hier bringt uns jedenfalls im Augenblick nicht weiter.«

Sie fuhren ihre Rechner runter, nahmen Jacke und Mantel und machten sich auf den Weg.

Im Heim waren die Bewohner, die es vorzogen auf dem Zimmer zu essen, gerade mit dem Mittagessen fertig, als sie eintrafen. Eine Pflegekraft bot Frau Wendland noch einen Joghurt zum Nachtisch an, bevor sie die Zimmertür hinter sich schloss.

»Ah, der Herr Kommissar. Wen haben Sie denn heute mitgebracht?«, sagte die alte Dame, als sie die beiden erblickte.

Brandauer war überrascht, wie gefestigt sie bereits wirkte. Offensichtlich hatte sie den ersten Schock über den Tod ihrer Tochter gut verkraftet.

»Das ist meine Kollegin, Frau Neubert. Wenn es Ihnen recht ist, würden wir uns gern noch ein bisschen mit Ihnen über Ihre Tochter unterhalten.«

Damit hatte er das Stichwort gegeben, das beiden zeigte, dass der Gemütszustand der Frau doch noch sehr wackelig war. Sie hatte dicht am Wasser gebaut und die Neubert musste sie erst einmal für einige

Minuten in den Arm nehmen, bevor ein Gespräch möglich war.

Schnell stellte sich heraus, dass ihre Tochter ihr von der Vergewaltigung damals – wohl aus Scham – nichts erzählt hatte, sodass es die Kommissare für besser hielten, dies jetzt, wo sie nicht mehr am Leben war, für sich zu behalten. Frau Wendland hatte ihre Tochter damals frühzeitig aus dem Ferienlager abgeholt, weil sie – wie sie glaubte – über Menstruationsbeschwerden geklagt hatte. Da Luise nicht aufgeklärt war, hatte sie das Blut auf ihrem Rock wahrscheinlich fürchterlich erschreckt, vermutete die Mutter. Was sie nicht wissen konnte, war, dass das Blut auf dem Rock wahrscheinlich eine andere Ursache hatte.

Allerdings war Luise, nachdem ihre Klassenkameraden wieder aus dem Ferienlager zurück waren, nicht mehr dazu zu bewegen, wieder zur Schule zu gehen, erzählte ihnen die Mutter. Sie war noch bis zum Schuljahresende krank und dann nicht mehr schulpflichtig. Danach befragt, ob Luise eine beste Freundin hatte, schüttelte sie mit dem Kopf. Sie sei immer Außenseiterin gewesen und hätte sich sehr zurückgezogen.

Nach dem Gespräch waren sie genauso schlau wie vorher. Frustriert machten sie sich wieder auf den Rückweg. Als sie auf die Hauptstraße abbiegen wollten, fasste die Neubert ihren Chef am Arm und rief:

»Stopp mal, Franz. Fahr noch mal ein Stück zurück.«

Brandauer sah sie irritiert an, tat ihr aber den Gefallen. Am rechten Fahrbahnrand waren gerade zwei Wahlhelfer dabei, ein Wahlplakat für die kommende Bundestagswahl im Februar an einer Laterne mit Kabelbindern zu befestigen. Als der Kommissar an ihnen vorbei war, trat er auf die Bremse und sah zur Neubert rüber.

»Was ist los, Beate, wolltest du mir das neue AfD-Plakat zeigen?«

»Ja, wollte ich.«

»Brandauer schüttelte den Kopf und gab Gas.«

»Stopp, stopp, stopp, Franz. Ist dir denn gar nichts aufgefallen?«

Brandauer trat erneut auf die Bremse.

»Was sollte mir aufgefallen sein?«

»Na, fahr noch mal zurück.«

Widerstrebend legte er den Rückwärtsgang ein und setzte noch einmal zurück, bis sie wieder vor dem Plakat standen.

Die Kommissarin sah ihren Chef mit großen Augen und aufgerissenem Mund sprachlos an und zeigte mit langem Arm auf das Konterfei des Kandidaten, das da zu ihnen herunter grinste. Brandauer traute seinen Augen nicht.

»Ich glaub, mein Schwein pfeift. Das ist doch unser Schauspieler.«

»Und ich war die ganze Zeit auf Reporter aus, weil ich ihn vor Kurzem hinter einem Mikro habe stehen sehen, als er ein Interview gab.«

»Harald Petersen«, las Brandauer vor. »Für die Zukunft unseres Landes. Ist ja nicht zu fassen. Guck doch mal, was du über den im Internet findest.«

Er gab wieder Gas. Die Kommissarin hatte bereits ihr Handy gezückt und war schon am Googeln.

»Willst du mal seinen Lebenslauf hören?«

»Bin ganz verrückt danach.«

»Geboren am 20. April 1959 in Neuenhagen.«

»20. April!«, unterbrach Brandauer sie. »Das passt ja.«

»3. Polytechnische Oberschule von 1964 bis 1975 ...«, fuhr die Kommissarin fort, als Brandauer sie erneut unterbrach.

»Mist!«, rutschte es ihm raus.

»Wieso? Was hast du?«

»Ich hatte gehofft, dass das unser Mann ist.«

»Und warum sollte er es nicht sein?«

»Weil er nicht später dazu kam, sondern von der Ersten bis zur Zehnten an dieser Schule war. Da kann er ja wohl unmöglich *der Neue* sein.«

»Das stimmt allerdings. Soll ich weiter lesen?«

»Wenn sichs nicht vermeiden lässt, aber bitte nur die Kurzfassung.«

»Ausbildung zum Elektronikfacharbeiter ... blablabla ... Auslandsaufenthalte bis 1990 in der Ukraine, danach in Mittelamerika ... seit 2013 Mitglied der AfD.«

»Damit würde sich zumindest erklären, warum der noch lebt.«

»Nämlich?«

»Der war Jahrzehnte im Ausland. Und wahrscheinlich hat die Gruber die letzten Jahre gar nicht mitgekriegt, dass er wieder im Land ist.«

»Möglich. Gehört er nun doch noch zum Kreis der Verdächtigen?«

»Ach, ich weiß auch nicht. Irgendwie ist das alles so verwirrend.«

Die Neubert, die ihrem Chef anmerkte, dass der ausbleibende Erfolg an seinem Gemütszustand nagte, überlegte, wie sie ihn wieder aufbauen könnte.

»Immerhin gelingt es uns im Moment ja, die Zahl der Verdächtigen nach und nach zu verkleinern. Das muss ja irgendwann zwangsläufig zum Ziel führen.«

»Aber das dauert mir zu lange, Beate. Wir haben schon Freitag und noch immer keine heiße Spur.«

Als sie im Revier angekommen waren, ließen sie sich kraftlos in ihre Schreibtischstühle fallen. Nach einer Weile schnappte sich die Neubert den Schuhkarton mit dem Kleid und sagte:

»Ich bringe den Rock jetzt zur KTU. Die sollen mal prüfen, ob sie da noch DNA finden.«

»Kann ich mir nicht vorstellen, aber versuch's.«

Als sie wieder zurück war und sich gesetzt hatte, sahen sich beide mit verschränkten Armen lange an. Keiner von beiden hatte eine Idee, wie es jetzt weiter gehen sollte. Brandauer erhob sich, ging erneut ans Fenster und sah eine Weile wortlos hinaus.

Der Schnee begann zu tauen. Auf den Dächern kam er ins Rutschen und stürzte in mehr oder weniger großen Fladen auf den Bürgersteig, sodass man als Fußgänger Gefahr lief, von ihnen getroffen zu werden.

»Da war doch noch so ein Kalender, der bei der Gruber an der Küchentür hing. Wo ist der eigentlich geblieben?«, fragte Brandauer sich und seine Kollegin.

»Stimmt. Wo ist der eigentlich?«, überlegte die Neubert. Sie nahm den Stapel mit den Briefen hoch und sah unter den Papieren nach, die auf ihrem Schreibtisch lagen.

»Auch den hab ich zuletzt bei dir im Auto liegen sehen, Franz. Da solltest du noch einmal nachsehen.«

Der Kalender war von der Rückbank auf den Boden des Fahrzeugs gefallen und unter den Beifahrersitz gerutscht. Brandauer nahm ihn mit nach oben und heftete ihn an die Fotowand neben die Abbildungen der fünf Verdächtigen.

Die Gruber hatte nur wenige Einträge vorgenommen, aber das Jahr war ja auch noch jung. An jedem ersten Dienstag im Monat besuchte sie offensichtlich die Fußpflege. Kommende Woche Donnerstag hätte sie einen Termin bei ihrem Frauenarzt gehabt. Am interessantesten aber war ein Eintrag in Rot.

Brandauer zeigte mit dem Finger drauf und fragte seine Kollegin:

»Hast du das gelesen, Beate?«

Die Neubert ging ein Stück dichter an den Kalender ran und las:

»H.P. 100000«

Brandauer sah sie entgeistert an und kratzte sich an der Stirn.

»Verstehst du das?«

»Na ja, sie hat sich halt notiert, wann sie dem Hape die Hunderttausend geben wollte. Was ist daran merkwürdig?«

»Guck mal auf das Datum.«

»28. Januar, das ist der Tag, an dem sie ermordet wurde.«

»Der Ex von ihr hatte mir gesagt, sie wären für den 31. Januar verabredet gewesen. Das soll noch einer kapieren.«

Brandauer schüttelte den Kopf und ging wieder auf die Wanderschaft. Am Fenster machte er halt und sah eine Weile zu, wie auf den gegenüberliegenden Dächern der tauende Schnee in die Regenrinnen tropfte.

Plötzlich setzte er sich und fing an, wie wild in den Sachen, die auf seinem Schreibtisch lagen, zu wühlen.

»Wonach suchst du, Franz?«

»Ich suche nach dem Brief, in dem ihr Ex die 100.000 von ihr forderte.«

Als er ihn endlich gefunden hatte, ging er mit ihm zur Fotowand und heftete ihn neben den Kalender der Gruber. Die Neubert war ihm neugierig gefolgt.

»Fällt dir was auf, Beate?«

Die Kommissarin sah sich den Brief noch einmal genau an.

»Was sollte mir auffallen, Chef?«

»Der Brief ist unterschrieben mit ›*H-P*‹, auf dem Vermerk im Kalender steht ›*H. P.*‹.«

»Und was sagt dir das?«

»Hier ist von verschiedenen Leuten die Rede, Beate. *H. P.* ist nicht ihr Ex! Wie hieß der Mensch noch mal?«, sinnierte Brandauer plötzlich.

»Welcher Mensch?«

»Der auf dem Plakat.«

»Harald Petersen.«

»Harald Petersen ... H.P.«

Er sah ruckartig zur Neubert rüber und schlug plötzlich mit der Faust auf den Tisch.

»Das ist es, Beate!«

Die Kommissarin fuhr erschrocken zusammen und sah ihn verwirrt an.

Brandauer hatte sich mit beiden Armen auf dem Schreibtisch abgestützt und sah seiner Kollegin tief in die Augen.

»Es passt alles, Beate! Der Eintrag im Kalender bezieht sich nicht auf die Auszahlung an ihren Ex, sondern ist der Hinweis, dass sie auf dem Klassentreffen das Geld von dem Petersen kriegen sollte. H.P. steht für Harald Petersen.

Petersen ist der Mann, der in der Öffentlichkeit steht, den sie erpresst hat, der sie vergewaltigt hatte! Wenn der kurz vor der Wahl mit einem Missbrauch konfrontiert werden würde, könnte er sein Mandat abschreiben, Beate. Egal, ob man ihm den Missbrauch nachweisen kann oder nicht. Und hatte die Weichert nicht gesagt, der hätte sich aus allen Gesprächen beim

Klassentreffen rausgehalten und wäre nur mit seinem Handy beschäftigt gewesen?«

»Aber ich dachte, der kommt nicht als ›*der Neue*‹ infrage?«

»Er ist unser Mann, Beate. Ich bin mir absolut sicher.«

Brandauer stand inzwischen erneut vor dem Fenster und dachte nach. Nach einer Weile setzte er sich wieder, streckte die Beine aus und verschränkte die Hände hinter dem Kopf.

»Lies mir doch mal die Geburtstage seiner Mitschüler vor, Beate.«

Sie wusste zwar nicht, was das sollte, tat ihm aber den Gefallen. Es stellte sich heraus, dass sie allesamt in der zweiten Jahreshälfte des gleichen Jahres Geburtstag hatten oder zu Beginn des folgenden Jahres.

»Der Petersen hat doch am gleichen Tag wie Adolf Geburtstag, am 20. April. Recherchier doch mal, was der Stichtag für die Einschulung im Jahr 1965 war.«

»Muss ich das jetzt verstehen, Chef?«

»Musst du nicht, wirst du aber gleich.«

Die Neubert ließ in affenartiger Geschwindigkeit ihre Finger über die Tastatur fliegen und hatte nach kurzer Zeit die passende Antwort.

›In der früheren DDR wurden die Kinder schulpflichtig, die bis zum 31. Mai das sechste Lebensjahr vollendet hatten. In der Bundesrepublik galt der 30. Juni als einheitlicher Stichtag.‹

»Dacht ich's mir doch«, frohlockte Brandauer und rieb sich freudestrahlend die Hände. »Die sind zwar der gleiche Jahrgang, aber Petersen wurde, weil er vor dem 31. Mai geboren wurde, bereits ein Jahr früher eingeschult als die anderen. Wenn die trotzdem gemeinsam den Abschluss gemacht haben, heißt das, dass er irgendwann hängengeblieben und erst später in ihre Klasse gekommen ist. Ich vermute, in der Neunten. Im Herbst 1973 kam er in die Klasse der Gruber und war deshalb der Neue.«

Brandauer breitete seine Arme aus, als wollte er der Neubert die Absolution erteilen und grinste über das ganze Gesicht.

»Genial!«, konstatierte sie nur.

»Lass uns die Weichert noch mal anrufen. Vielleicht erinnert sie sich ja und kann uns das bestätigen.«

Ilona Weichert konnte sich in der Tat erinnern und so hatten die Kommissare endlich die Gewissheit, auf dem richtigen Weg zu sein. Sie wussten aber auch, dass der schwierigste Teil noch vor ihnen lag – die Beweisführung. Nichts von dem, was sie bisher aufgedeckt hatten, reichte für einen Anfangsverdacht gegen Harald Petersen aus.

Die politische Orientierung ihres Staatsanwaltes und die Tatsache, dass man kurz vor einer Bundestagswahl stand, verlangten nach absolut wasserfesten Beweisen, um ein Ermittlungsverfahren gegen Harald

Petersen in Gang setzen zu können. Als dem Kommissar dies klar wurde, sagte er:

»Merkst du was, Beate? Das läuft schon wieder genauso ab wie letztes Mal. Ich sage nur ‚*Schuldig – aus Mangel an Beweisen*‘.«

Der letzte Fall, den sie aufzuklären hatten, war der einer Entführung einer jungen Frau. Sie hatten irgendwann den Täter, konnten ihn aber nicht überführen und waren letztlich auf sein Geständnis angewiesen.

»Die Vergewaltigung können wir ihm nicht anhängen, weil weder sein Name im Tagebuch auftaucht, noch seine DNA nach 50 Jahren nachgewiesen werden kann ...«

»... Was noch nicht raus ist, Franz. Noch haben wir das Ergebnis der KTU nicht.«

»Aber gehen wir mal davon aus. Ein daraus resultierender Erpressungsversuch wäre damit nichtig, zumal der Hinweis *H.P. 100000* in ihrem Kalender auch als Verweis auf ihren Ex gedeutet werden kann.

Das Handy der Gruber weist keine Fingerabdrücke auf, weil er es offensichtlich gründlich abgewischt hatte, bevor er es wegwarf und die Daten im Handy lassen sich durch den Wasserschaden nicht mehr auslesen«, resümierte Brandauer die Lage, in der sie sich befanden.

»Und was willst du jetzt machen?«
Brandauer grinste verschmitzt.

»Was die Fingerabdrücke auf dem Handy betrifft, sollte er noch eine zweite Chance bekommen, finde ich.«

»Willst du ihm das Handy noch einmal in die Hand drücken?«, fragte ihn die Neubert irritiert.

»Nee, das wäre nicht fair. Er müsste es sich schon selber nehmen.« Ihr Chef grinste schelmisch.

Kapitel 9

Brandauer stattete Schiller gleich am Morgen des nächsten Tages einen Besuch ab und erkundigte sich, ob er noch einmal einen Versuch unternommen hatte, Daten aus dem Handy des Opfers auszulesen.

»Ich habs versucht, Franz, aber das übersteigt meine Gehaltsklasse. Ich könnte es nach Frankfurt schicken. Da sitzen Spezialisten für so was, aber die haben mir schon signalisiert, dass es Wochen dauern würde, weil sie im Augenblick völlig überlastet sind – Fachkräftemangel, verstehst du?«

»Verstehe. Andere Frage. Könntest du bei dem Monteverdi eine unauffällige Überwachungskamera auf der Rückseite des Restaurants anbringen?«

»Klar. Vorausgesetzt natürlich, er ist damit einverstanden. Rechnest du damit, dass noch jemand ermordet wird?«

»Nee«, Brandauer musste lachen. »Aber ich hab da so ne Idee. Ich klär das mal mit dem ab.«

Der Kommissar hängte sich ans Telefon und erklärte dem Restaurantbesitzer, was er vorhatte. Die Neubert, die das Gespräch interessiert mithörte, fragte ihn, nachdem er aufgelegt hatte:

»Würdest du mich freundlicherweise aufklären, was genau du im Schilde führst, Franz?«

»Ich dachte mir, wir sollten das Wild vielleicht ein bisschen aufscheuchen, bevor wir es zur Strecke bringen.«

»Und wie hast du dir das vorgestellt?«

»Ich rufe jetzt den Winkelmann an, und versuche, einen Durchsuchungsbeschluss zu erwirken.«

»Meinst du, den kriegst du?«

»*Schau'n mer mal*, wie unser geliebter Kaiser – Gott habe ihn selig – früher immer sagte.«

Brandauer griff zum Telefon und drückte auf die Taste, unter der sie die Nummer des Staatsanwaltes abgespeichert hatten. Das deutlich zu vernehmende Freizeichen verriet, dass er außerdem auf *laut* gestellt hatte.

»Winkelmann«

»Habe die Ehre, Herr Staatsanwalt.«

»Brandauer, was gibts? Haben Sie schon den Täter?«

»Fast, Herr Staatsanwalt, fast. Ich bin ihm auf der Spur und bräuchte mal einen Durchsuchungsbeschluss.«

»Um wen handelt es sich?«

»Um Harald Petersen.«

»Sie scherzen hoffentlich, Brandauer.«

»Keineswegs, Herr Staatsanwalt.«

»Sie meinen doch nicht etwa den Kandidaten der AfD?«

»Genau den meine ich, Herr Staatsanwalt.«

»Und was liegt gegen ihn vor?«

»Er hat 1974 ein junges Mädchen vergewaltigt.«

»Selbst, wenn das stimmen sollte, Brandauer, wäre es doch längst verjährt.«

»Das weiß ich wohl, Herr Staatsanwalt. Aber es handelt sich dabei um das Mordopfer. Und wie es aussieht, wurde er eben wegen dieser Vergewaltigung erpresst und hat somit ein Mordmotiv.«

»Und welche Beweise können Sie für diese ungeheuerliche Behauptung anführen?«

»Das Mordopfer hat in seinem Tagebuch vermerkt, von wem es vergewaltigt wurde, und es gibt Notizen, aus denen hervorgeht, dass Petersen um 100000 Euro erpresst wurde und er das Geld im Restaurant am Tage der Tat dem Opfer übergeben sollte. Wir können auch nachweisen, dass das Opfer über das Handy unmittelbar vor der Tat Kontakt mit ihm hatte. Deswegen ist es dringend erforderlich, Zugriff auf seine digitalen Endgeräte zu bekommen. Es besteht auch die Hoffnung, dass wir das Handy des Opfers in der Wohnung des Täters finden.«

Brandauer und die Neubert hatten sich die ganze Zeit angesehen. Im Laufe des Gesprächs hatte die Kommissarin die Hände vors Gesicht gehoben und war nun schon seit geraumer Zeit dabei, den Kopf zu schütteln.

»Das ist ja alles grauenvoll, Brandauer, was Sie da erzählen. Hoffentlich fliegt uns das nicht alles um die Ohren. Bauen Sie nur keinen Mist.«

»Ich werde es zu vermeiden wissen, Herr Staatsanwalt.«

»Aber nicht, dass Sie mir den Mann verhaften, Brandauer oder ihn verhören. Um ein Ermittlungsverfahren gegen ihn einzuleiten, reicht mir das noch nicht.«

»Natürlich nicht, Herr Staatsanwalt. Sie sind so freundlich und faxen mir den Durchsuchungsbeschluss?«

Die Neubert hatte die Hände wieder runtergenommen, schüttelte aber immer noch mit dem Kopf. Brandauer feixte sich eins.

»Ja, ja, Brandauer, aber passen Sie bloß auf.«

Im Auflegen meinte der Kommissar noch ‚um Gottes willen‘ gehört zu haben.

»Bist du denn wahnsinnig, Franz?«, platzte es aus der Neubert heraus.

»Wieso?«

»Das war doch alles erstunken und erlogen, was du da eben vorgebracht hast. *Sie hätte seinen Namen genannt ... wir hätten Notizen, dass er erpresst wurde ... wir können beweisen, dass sie Kontakt hatten.*«

»Okay, gut, ich hatte da leichte Formulierungsschwächen, gebe ich zu.«

»Und wie gehts jetzt weiter?«

»Erklär ich dir später.«

Er stand auf und nahm seinen Trenchcoat vom Haken. Dann fuhr er mit Schiller und Hansen zum Restaurant. Das Handy der Toten hatten sie mitgenommen.

Mantovani führte sie zum Hintereingang und zeigte ihnen, wo sie die Kamera installieren könnten. Während Schiller sich an die Arbeit machte, sahen sich Brandauer und Hansen an, was aus der Schneefläche hinter dem Haus geworden war.

Es war zwar neuer Schnee dazu gekommen, aber die Spuren, die Brandauer beim letzten Mal im jungfräulichen Schnee hinterlassen hatte, waren noch immer zu sehen. Sie führten bis an die Stelle, wo Harald Petersen das Handy hingeworfen hatte und von da aus wieder zurück zur Hintertür.

Brandauer nahm sich Hansen zur Seite und erklärte ihm sein Vorhaben.

»Passen Sie auf, Hansen. Ich möchte das Handy gern wieder da platzieren, wo es lag. Es soll allerdings hinterher nicht zu sehen sein, dass wir es bereits gefunden und wieder zurückgelegt haben. Verstehen Sie, was ich meine?«

»Klar, Herr Kommissar.«

»Meinen Sie, Sie kriegen das hin?«

»Logisch. Lassen Sie mich nur machen.«

Brandauer übergab ihm das Handy und zeigte ihm die Stelle, wo er es hinlegen sollte.

»Wischen Sie es vorher noch einmal gründlich ab, bevor sie es hinlegen, Hansen. Wie lange werden Sie brauchen?«

»Ich denke, ne Stunde.«

»Super!«

Der Kommissar klopfte ihm auf die Schulter und wandte sich Schiller zu.

»Wie lange wirst du brauchen, Micha?«

»Auch ungefähr ne Stunde.«

»Okay, dann fahre ich kurz zu meinem Vater und bin in einer Stunde wieder hier.«

Er verabschiedete sich und ging noch einmal zu Mantovani.

»Könnten Sie bitte sicherstellen, dass in den nächsten Tagen niemand den Hintereingang benutzt.«

»Das ist ganze schlechte, Commissario. Wir müssen ja dene Mülle immer da rausbringen.«

»Aber vielleicht könnten Sie, wenn wir weg sind, die Tür abschließen und nur zum Müllentsorgen aufschließen. Es geht nur um zwei Tage. Und niemand soll die Schneefläche betreten, sagen Sie das bitte Ihren Mitarbeitern.«

Er hob die Hände hoch und sagte:

»Okay, zwei Tage iste moglich, Nessun problema!«

Brandauer wollte sich schon zum Gehen abwenden, da hielt Mantovani ihn am Arm zurück:

»Sagen Sie commissario, meinen Sie, es iste moglich, dass die Kamera da bleiben kann?«

»Das müssten Sie später mit Herrn Schiller abklären.«

Brandauer fragte sich, wozu er die gebrauchen würde. Er war sich nicht sicher, ob er dessen Versuch, seine Mitarbeiter während ihrer Pausen zu überwachen, unterstützen wollte.

Als er von der Seniorenresidenz wieder zurück war und die Tür zum Hinterausgang öffnete, dachte er, seinen Augen nicht zu trauen.

Weite Teile der Schneefläche waren von Fußspuren durchsetzt. Und mittendrin hatte Hansen einen Schneemann gebaut.

Brandauer holte schon Luft und wollte sich echauffieren, da hielt er inne und sah sich Hansens Kunstwerk noch einmal in Ruhe an.

»Großartig, Hansen, ganz großartig. Sie haben sich mal wieder selbst übertroffen.«

Hansen hatte das einzig Richtige getan. Jeder Versuch, die Schneedecke von den Fußspuren zu befreien, die Brandauer und er hinterlassen hatte, wäre wahrscheinlich kläglich gescheitert. Also lag es nahe, noch welche hinzuzufügen, damit die alten Spuren nicht mehr auffielen. Und einen Grund dafür zu erfinden. Dies war ihm mit dem Schneemannbau eindeutig geglückt.

»Versuchen Sie doch mal in der Küche eine Möhre aufzutreiben, damit der junge Mann noch eine Nase kriegt«, sagte er zu Hansen, der sich sofort auf den Weg machte. Eine Minute später hatte der Schneemann sogar eine Nase.

Auch Schiller war inzwischen mit der Installation der Kamera fertig und hatte sie mit dem W-Lan des Restaurants gekoppelt, sodass sie in der Lage waren, das Bild, das sie produzierte, über eine App auf dem Handy zu empfangen.

Als sie wieder auf dem Revier waren, weihte Brandauer seine Kollegin in seinen Plan ein.

»Wir machen das genauso wie damals im Fall Schirrmacher, Beate, und werden uns den Petersen für eine Zeugenbefragung vorladen.«

»Glaubst du ernsthaft, dass du ihn überreden kannst, einen Mord zu gestehen, Franz?«

»Das vielleicht nicht, aber vielleicht können wir ihn dazu bringen, einen Fehler zu begehen.«

»Und woran dachtest du da?«

»Lass dich überraschen. Ich rufe ihn jetzt an und lade ihn vor.«

»Und was willst du ihm als Grund nennen?«

»Zeugenbefragung. Er soll uns sagen, was er am Tatort beobachtet hat.«

Brandauer wollte gerade zum Telefon greifen, da vernahm er plötzlich einen Ton, den er vorher noch nie gehört hatte. Er sah die Neubert irritiert an und fragte:

»Kam das aus deinem Handy, Beate?«

»Nee, mein Handy macht solche Geräusche nicht.«

Noch einmal war die seltsame Tonfolge zu hören. Sie schien aus der Manteltasche von Brandauers Trenchcoat zu kommen.

»Ach du Scheiße«, entfuhr es Brandauer. Er sprang von seinem Stuhl auf und hechtete zum Kleiderständer. Als er sein Handy in der Hand hatte und auf das Display sah, traf ihn fast der Schlag. Die App, die mit der Kamera, die sie hinter dem Restaurant installiert hatten, gekoppelt war, hatte angeschlagen.

Der Bewegungssensor hatte sie ausgelöst. Brandauer klickte die App an und sah, wie jemand im Dunkeln im Schnee bei den Containern stand und auffällig um sich blickte. Man konnte nicht erkennen, ob es ein Mann oder eine Frau war. Die Person war schwarz gekleidet und trug einen Hoodie, die Kapuze tief in die Stirn gezogen.

»Mist, Mist!«, fluchte Brandauer. »Der Petersen ist schon da. Ich hatte gedacht, der würde erst morgen kommen. Hoffentlich zeigt der noch sein Gesicht. Sonst war die ganze Aktion umsonst.«

Beide sahen gebannt auf das Display. Die Figur in Schwarz bewegte sich wie in Zeitlupe, als ging es ihr darum, die geplante Aktion mit der dafür angemessenen Dramaturgie durchzuführen. Sie bewegte sich von links nach rechts durch die Kamera, verschwand plötzlich und tauchte kurz darauf am rechten Bildrand wieder auf, um nach links durchs Bild zu schleichen. Plötzlich lief sie auf die Kamera zu. Eine Hand griff plötzlich an die Kapuze.

»Nimm sie ab, nimm sie ab Mann!«, rief Brandauer fast flehend.

Er nahm sie ab und hielt im gleichen Augenblick ein Schild aus Pappe hoch, auf dem mit einem schwarzen Filzer ‚*Test, Test, Test*‘ geschrieben stand. Jetzt war sein Gesicht deutlich zu erkennen.

»Oh Mann, Hansen, du machst mich fertig!«

Auf dem Bild sah man, wie Hansen plötzlich winkte, zu seinem Handy griff und eine Nummer wählte. Im gleichen Augenblick klingelte Brandauers Smartphone. Er nahm ab.

»Mann, Hansen, wie können Sie mir nur so einen Schreck einjagen!«

»Hallo, Herr Kommissar. Ich dachte mir, dass es vielleicht gut wäre, mal einen Test zu machen, damit wir wissen, dass auch alles funktioniert.«

»Vielen Dank, Hansen, das war wirklich ne tolle Idee.«

Brandauer legte wütend auf und fuhr sich mit beiden Händen genervt durch die Haare. Dann schüttelte er lachend den Kopf.

»Der Bursche hats drauf, Beate. Der ist richtig gut.«

»Durch dich soll einer durchsteigen, Franz. Ich dachte eben, du hättest dich gerade tierisch aufgeregt.«

»Hatte ich auch, aber der Bursche hat das einzig Richtige getan. Er hat uns gerade gezeigt, womit wir rechnen müssen. Dass wir uns nämlich nicht darauf verlassen sollten, Petersen identifizieren zu können, wenn er das Handy holt. Das heißt, die Videoaufnahme allein könnte uns nicht reichen, wir müssen in der Nähe sein, wenn er zuschlägt, um ihn direkt vor Ort zu verhaften.«

»Wenn ich das jetzt alles verstanden habe, Franz, hoffst du, dass Petersen noch einmal an den Tatort zurückkehrt, um nach dem Handy zu suchen.«

»So ist der Plan. Ich wollte ihn in der anstehenden Befragung in dem Glauben lassen, dass wir es noch nicht gefunden haben. Aber auch er wird mitbekommen haben, dass der Schnee seit Tagen am Tauen ist. Spätestens übermorgen würde er so weit weggetaut sein, dass das Handy auf dem Rasen zum Vorschein kommen würde. Ich denke, dass er ein starkes Interesse haben wird, es verschwinden zu lassen, bevor es uns in die Hände fällt, wenn er merkt, dass wir an ihm dran sind. Er weiß zwar, dass wir keine Fingerabdrücke von ihm haben, aber ich werde versuchen, ihn glauben zu lassen, dass wir auch ohne die SIM die Daten auslesen können.«

»Verstehe. Willst du ihn heute noch einbestellen?«

»Nee, es ist gleich halb sieben. Wir bestellen ihn für morgen früh.«

Petersen hatte versucht, die Befragung abzuwenden und einen umfangreichen Terminkalender als Begründung angeführt. Als Brandauer ihm dann avisierte, in den nächsten Tagen mit dem Polizeiwagen bei ihm zu Hause vorzufahren, hatte er ganz plötzlich noch einen Termin in seinem Kalender gefunden.

Am nächsten Tag stand er pünktlich um 9 Uhr bei Brömel in der Wache. Er griff zum Telefon und wählte Brandauers Nummer. Der Kommissar hatte sich schon vorab entschieden, das Gespräch nicht im Verhörraum, sondern in seinem Büro stattfinden zu lassen, um ihm ein zwangloses Ambiente zu geben.

Als Petersen das Büro betrat, sprang Brandauer sofort auf und reichte ihm, zur Verwirrung seiner Kollegin, freundlich lächelnd die Hand.

Er stellte sich und seine Kollegin vor und bedankte sich, dass er sich die Zeit genommen hatte zu kommen.

»Setzen Sie sich doch bitte, Herr Petersen.«

Brandauer schob ihm einen Stuhl hin und ging zur Kaffeemaschine.

»Darf ich Ihnen vielleicht einen Kaffee anbieten?«

Seine Kollegin lehnte sich konsterniert in ihrem Stuhl zurück, verschränkte die Arme und musste aufpassen, dass ihr nicht die Gesichtszüge entgleisten.

»Ja, gerne, Herr Kommissar, mit etwas Milch, wenns geht.«

»Gerne.«

Brandauer bereitete den Kaffee vor und entschloss sich, die Zeit die er dafür brauchte mit Allgemeinplätzen zu überbrücken.

»Schlimme Sache ist das, was da passiert ist, oder?«,

»Es ist in der Tat schlimm, wie Kriminalität immer mehr in unserer Stadt um sich greift«, bestätigte Petersen, der selber verunsichert schien, mit welcher Freundlichkeit er hier empfangen wurde.

»Sie kandidieren für den Wahlkreis?«

»Ja, tue ich!«, nickte er.

»Wie läuft der Wahlkampf?«

»Gut! Kann nicht klagen. Ich denke, ich habe eine Chance, das Direktmandat für unseren Wahlkreis zu holen.«

»Das freut mich. Wird ja auch Zeit, dass sich hier mal was in unserem Land ändert.«

»Wem sagen Sie das, Herr Kommissar.«

»Na, dann wollen wir mal hoffen, dass da nichts dazwischenkommt.«

Brandauer lächelte ihn an und ließ den Satz eine gefühlte Ewigkeit im Raum stehen, bevor er Petersen den Kaffee reichte und sagte:

»Ich habe Sie hergebeten, weil ich mir dachte, dass Sie ein Interesse daran haben, zu erfahren, wie der aktuelle Stand der Ermittlungen ist.«

»Das würde mich in der Tat interessieren, Herr Kommissar.«

Brandauer rückte seinen Stuhl so zurecht, dass er Petersen unmittelbar gegenüber saß und beugte sich zu ihm vor. Mit dem Zeigefinger winkend deutete er ihm an, es ihm gleichzutun. Auch Petersen beugte sich ein Stück vor. Die Atmosphäre bekam etwas Konspiratives. Im Flüsterton erklärte er Petersen:

»Wir wollen versuchen, Sie da unbedingt rauszuhalten. Wär ja nicht so schön, wenn Sie wegen so einer blöden Sache so kurz vor der Wahl in die Schlagzeilen geraten, Herr Petersen.«

»Das ist sehr lobenswert, Herr Kommissar.«

»Da das auch in Ihrem Interesse ist, hoffe ich, dass Sie unsere Arbeit unterstützen werden und mit uns kooperieren.«

»Aber selbstverständlich. Was kann ich für Sie tun, Herr Kommissar?«

»Das ist nämlich so, müssen Sie wissen. Wir sind an ihm dran. Wir wissen, dass es vor dem Mord eine Kommunikation des Opfers mit ihrem Mörder gab – per Handy.«

Brandauer richtete sich ein Stück auf, machte eine dramaturgische Pause und nickte bedeutungsschwanger.

»Interessant!«, bemerkte sein Gegenüber, der sich ebenfalls ein Stück aufgerichtet hatte.

Brandauer beugte sich wieder vor und holte Petersen mit dem winkenden Zeigefinger erneut dicht zu sich ran.

»Wenn wir das Handy hätten, könnten wir ihn sofort überführen. Selbst wenn er die SIM-Karte entfernt hätte. Ist ja heute alles in der Cloud gespeichert, verstehen Sie?«

Brandauer nickte, um das eben Gesagte noch zu bekräftigen, und fuhr fort:

»Leider aber hat der Mörder das Handy an sich genommen. Jedenfalls müssen wir davon ausgehen. Wir haben am Tatort alles durchsucht, selbst die Müllcontainer. Aber nichts gefunden.«

Er richtete sich wieder auf und schlug sich mit der flachen Hand voller Bedauern auf den Oberschenkel.

»Das ist natürlich blöd«, fand auch Petersen.

»Die Staatsanwaltschaft hat deswegen verfügt, dass wir bei allen Gästen eine Hausdurchsuchung machen sollen. Vielleicht hat der Täter das Handy ja noch.«

»Vielleicht.«

»Sie können sich ja denken, was hier los ist. Bei hundert Leuten eine Hausdurchsuchung zu machen, würde ja ewig dauern. Außerdem haben wir das Personal dafür überhaupt nicht.«

»Klar. Auch das werde ich sofort ändern nach der Wahl, das verspreche ich Ihnen, Herr Kommissar.«

»Das freut mich, Herr Petersen.«

Brandauer gab seinem Gegenüber einen freundschaftlichen Klaps auf den Oberschenkel und setzte das Schmierentheater fort.

»Gott sei Dank haben wir einen konkreten Verdacht. Deshalb müssen wir bei denen, die nicht zu den Verdächtigen gehören, zu Hause nur pro forma nachsehen, verstehen Sie?«

»Verstehe.«

»Wäre das denn für Sie in Ordnung, wenn wir auch bei Ihnen zu Hause nachsehen?«

»Selbstverständlich, Herr Kommissar. Es wäre nur schön, wenn das möglichst unauffällig geschehen würde.«

»Aber das ist doch selbstverständlich, Herr Petersen.«

Brandauer erhob sich, gab Petersen die Hand und schüttelte sie ausgiebig.

»Wie gehts jetzt bei Ihnen weiter, Herr Kandidat? Haben Sie noch Wahlauftritte?«

»Aber jede Menge. Jetzt geht es erst so richtig los.«

»Na, dann drücke ich Ihnen doch beide Daumen, Herr Petersen. Alles für Deutschland!«

»Sie sagen es, Herr Kommissar. Alles für Deutschland!«

»Die Kollegen werden bereits vor Ort sein, wenn Sie jetzt nach Hause kommen. Ich werde ihnen noch einmal sagen. Dass sie so wenig wie möglich Unordnung machen sollen. Ist ja mehr oder weniger nur fürs Protokoll.«

Petersen winkte der Neubert noch freundlich zu und ging. Brandauer ging zum Waschbecken und wusch seine Hände gründlich mit Seife.

»Was war das denn für ne schleimige Nummer, Chef? Das war ja widerlich!«

»Tja Beate, was man nicht alles für Deutschland macht.«

Kapitel 10

»Und wie soll es jetzt weitergehen, Franz?«, wollte seine Kollegin von ihm wissen.

Brandauer goss sich Kaffee ein und setzte sich auffallend entspannt an seinen Schreibtisch. Er erzählte ihr in aller Ausführlichkeit, wie er sich den weiteren Verlauf vorstellte.

Die Befragung hatte nur den Zweck, Petersen zu verunsichern. Er sollte ins Grübeln kommen, ob es wirklich clever war, das Handy einfach wegzuwerfen, und was passieren würde, wenn die Polizei es finden würde.

Schiller hatte während der Befragung einen GPS-Sensor zur Fahrzeugortung an Petersens Wagen befestigt. Von nun an waren sie in der Lage, jede Bewegung übers Handy zu verfolgen.

Die Durchsuchung der Wohnung war eine reine Farce. Die Kollegen, die die Durchsuchung durchführten, hatten Order, nur sehr oberflächlich zu arbeiten. Man würde lediglich eine Weile so tun, als suchte man vergeblich nach dem Handy der Gruber. Dem Kommissar ging es mit der Aktion einzig darum, Petersen zu zeigen, dass die Polizei zwar ein starkes Interesse daran hat, das Handy der Ermordeten zu finden, aber ihn selbst noch nicht im Visier hatte. Und spätestens um 11 Uhr sollte man wieder abrücken.

Da das Restaurant um 13 Uhr öffnen würde, blieb Petersen also noch eine gute Stunde, um das Handy zu holen. Brandauer rechnete nicht damit, dass er es während der Öffnungszeiten holen würde, weil die Gefahr, beobachtet zu werden zu groß war. Schließlich gingen von der Küche aus Fenster nach hinten raus. Und in der Küche war wegen der nötigen Vorbereitungen wahrscheinlich ab 12 Uhr bereits Betrieb.

Die Aktion in die Nacht zu verlagern, kam wegen des Neumonds auch nicht für ihn infrage. Die Schneefläche hätte so wenig Licht reflektiert, dass er eine Taschenlampe hätte benutzen müssen, was wiederum in der Nachbarschaft hätte bemerkt werden können.

»Auf Deutsch, du rechnest damit, in zwei Stunden den Mörder von Luise Gruber verhaften zu können«, stellte die Neubert lapidar fest.

»So stell ich mir das vor.«

Brandauer nahm einen weiteren Schluck Kaffee und lächelte voller Zuversicht. Der GPS-Tracker zeigte, dass Petersen gerade vor seinem Haus einparkte.

»Lass uns zu Brömel gehen, Beate.«

Beide erhoben sich von ihren Plätzen und griffen sich Mantel und Jacke. Sie gingen runter zur Wache, klopften kurz an und traten ein.

»Hallo Jochen, hallo Hansen. Es wird ernst.«

Wieder waren beide gerade dabei zu frühstücken.

»Müsst ihr eigentlich immer kommen, wenn wir gerade Pause machen?«, mümmelte Brömel mit vollem Mund vor sich hin.

»Das Verbrechen macht auch keine Pause!«

Brandauer setzte sich auf seinen Schreibtisch, doch diesmal war Brömel schneller als er. Er schob das Foto schnell so weit zur anderen Seite, dass Brandauer nicht mehr rankam.

»Spielverderber!«

»Was wollt ihr, Franz?«

»Es geht los, Jochen. Petersen wird demnächst zum Restaurant fahren, um das Handy zu holen. Bei der Aktion werden wir ihn verhaften.«

»Okay, und wie soll das ablaufen?«, wollte Brömel wissen.

»Das Gelände muss zur Tornower Straße und nach hinten raus gesichert werden. Andere Fluchtwege gibt es nicht. Wenn er das Handy hat, greifen wir zu.«

»Okay, wer sichert wo?«

»Sicher du mit Hansen nach hinten raus, Beate und ich werden uns an der Tornower postieren.«

»Wann?«

»Jetzt!«

»Wie, jetzt? Können wir nicht mal aufessen?«, entrüstete sich Brömel und wischte sich mit der Hand ein Stück Käse aus dem Schnauzer.

»Du wolltest doch eh abnehmen, Jochen.«

Hansen war – hoch motiviert wie er war – bereits aufgesprungen und hatte sein Holster angelegt. Seit einem Jahr war er berechtigt, eine Schusswaffe zu tragen, und schien sich diebisch darauf zu freuen, dass sie heute vielleicht das erste Mal zum Einsatz kommt, und sei es nur, um einen mutmaßlichen Mörder an der Flucht zu hindern.

Wenig später hatten sich Brömel und Hansen irgendwo hinter dem Restaurant im Gebüsch versteckt, Brandauer und seine Kollegin saßen im Auto in der Tornower Straße, etwa hundert Meter vom Restaurant entfernt. Sie standen so, dass sie sehen konnten, wenn sich Petersen der Rückseite des Restaurants nähert.

Beide sahen gebannt auf den GPS-Empfänger, den die Neubert in der Hand hielt. Brandauer hatte sein eigenes Handy in der Hand, das ihm signalisieren sollte, wenn jemand die Überwachungskamera auslöst. Noch war Petersen zu Hause. Es war kurz vor elf und das Einsatzkommando, das die Hausdurchsuchung durchführte, musste jeden Augenblick abrücken. Man hatte diesmal auf jegliche *Verkleidung* verzichtet, weil es nicht darum ging, einen Tatort nach Spuren zu durchsuchen oder Fingerabdrücke zu sichern. Auch sollten die Anwohner nichts davon mitkriegen.

Der leitende Beamte bedankte sich anschließend bei Petersen für die kooperative Zusammenarbeit und um Punkt elf Uhr war man raus. Noch am Einsatzort informierte er Brandauer per Handy. Ab jetzt musste man damit rechnen, dass der kleine, blaue Punkt auf dem GPS-Tracker sich vom Haus Petersens in Richtung Restaurant bewegt.

Eine Viertelstunde lang passierte nichts. Brömel und Hansen, die im Gebüsch hockten, bekamen langsam nasse Füße. Die Temperaturen der letzten Tage hatten den Schnee in eine schwere sulzige Masse verwandelt und den Boden aufgeweicht. Der Schneemann, den Hansen gestern gebaut hatte, schwächelte schon mächtig und hatte bereits seine Nase im Matsch verloren.

»Wenn der nicht bald losfährt, muss ich anfangen, an mir zu zweifeln, Beate.«

»Na, so weit kommts noch«, war ihr einziger Kommentar.

Beide blickten wie hypnotisiert auf den Tracker. Doch es tat sich nichts. Dann plötzlich bewegte sich der kleine blaue Punkt. Petersen hatte sein Haus verlassen und war auf dem Weg zum Restaurant. Einige Minuten später parkte er etwa 70 Meter vor ihnen auf der gegenüberliegenden Straßenseite, stieg aus und sah sich nach allen Seiten um.

Die Kommissarin legte den Tracker beiseite und sah auf Brandauers Handy. Dort musste sich in wenigen Augenblicken die App der Kamera bemerkbar machen. Sie startete den Wagen und fuhr ein Stück vor, um später schneller zugreifen zu können, bis sie den Wagen von Petersen erreicht hatten. Dann hielt sie wieder an.

»Nimm mal dein Handy, Beate, rufe Brömel an und stelle auf *laut*. Wir brauchen jetzt eine Standleitung.«

Nach dem ersten Freizeichen meldete sich Brömel.

»Ja?«

»Es geht los, Jochen«, sagte der Kommissar. »Stell dein Handy bitte so leise, dass Petersen es nicht hören kann, wenn er auftaucht, und bleibe in der Leitung. Er muss jeden Augenblick da sein. Bleibt in Deckung, bis ich grünes Licht gebe. Er muss erst das Handy in der Hand haben, bevor wir zugreifen. Sprechkontakt nur im Notfall.«

Auf Brandauers Smartphone wurde die Kamera-App aktiv und signalisierte akustisch, dass jemand im Sichtfeld aufgetaucht war. Brandauer startete die Wiedergabe der Aufzeichnung. Petersen hatte sich keine Mühe gemacht, unerkannt zu bleiben, weil er sich sicher fühlte. Er ging direkt auf die Rasenfläche und fing an, beide Hände in den Hosentaschen, unauffällig mit dem Schuh im Schnee rumzuscharren. Hätte nur noch gefehlt, dass er anfängt zu pfeifen.

»Was ist das denn? Wo sucht der denn?«, fragte sich Brandauer fassungslos. »Der hat doch nicht etwa vergessen, wo er das Handy hingeschmissen hat?«

Petersen pflügte mit seinem linken Fuß den Schnee Stück für Stück um, entfernte sich aber dabei immer weiter von der Stelle, an der das Handy lag.

»Links! Weiter links, du Idiot! Ich fasse es nicht, der hat tatsächlich keine Ahnung, wo er nach dem Handy suchen soll.«

Brandauer wäre am liebsten ausgestiegen und hätte ihm gezeigt, wo es liegt. Dann meldete sich Brömel leise.

»Zugriff?«

Der Kommissar riss der Neubert das Handy aus der Hand und hauchte, so laut er konnte, ins Mikro:

»Nein! Auf keinen Fall! Nicht bevor er das Handy hat.«

Dann sah er wieder gemeinsam mit seiner Kollegin gebannt auf sein Smartphone.

»Komm Junge, stell dich doch nicht so blöd an. Es liegt weiter hinten und ein Stück weiter links.«

»Der findet es nicht, Franz«, meldete sich die Neubert zu Wort. »Was sollen wir tun? Ihn trotzdem verhaften?«

»Auf keinen Fall, Beate. Der erzählt uns doch, dass er da nur zum Schneemannbauen war.«

Langsam sah der Rasen hinter dem Restaurant aus, als hätte dort ein Massaker stattgefunden, aber das Handy hatte er immer noch nicht gefunden. Petersen blieb stehen, drehte sich zwei Mal um seine Achse und entschied dann, unverrichteter Dinge wieder zu gehen. Kurz darauf schaltete sich die App ab.

»Wir müssen jetzt leider knutschen Beate. Er wird gleich um die Ecke kommen, um zu seinem Wagen zu gehen. Da muss er an uns vorbei.«

»Ich glaub, du siehst zu viel fern, Chef.«

Die Neubert startete den Wagen und fuhr einfach los. Sie erreichten die Hauptstraße, noch bevor Petersen das Grundstück des Restaurants verlassen hatte, und bogen rechts ab. Brandauer instruierte seine Kollegen, dass die Aktion beendet ist und dass sie noch ein, zwei Minuten warten sollten, bis sie ins Revier nachkommen sollten.

Als sie auf dem Hof des Polizeireviers einparkten, war ihre Stimmung auf dem Nullpunkt. Brandauer stieg aus, warf wütend die Autotür zu und zündete sich eine Zigarette an.

»Dass die Typen von der AfD blöd sind, hab ich ja schon immer gewusst ...«, fluchte er und schüttelte den Kopf, » ...aber so blöd? Mann, Mann, Mann.«

»Reicht das nicht als Beweis, dass wir ihn jetzt auf dem Video haben, Franz?«

»Ich glaube nicht, dass Winkelmann das für die Ausstellung eines Haftbefehls reicht. Aber wir können ihn ja fragen.«

Als sie wieder im Büro waren, wählte Brandauer als Erstes die Nummer des Staatsanwaltes und machte ihn mit dem aktuellen Sachverhalt vertraut.

»Ich denke, wir haben damit den Beweis, dass Petersen die Gruber ermordet hat«, Herr Staatsanwalt, »oder wie sehen Sie das?«

»Das beweist doch gar nichts, Brandauer, der erzählt uns doch, dass er da nur Ostereier gesucht hat, weil er durch den Temperaturumschwung dachte, wir hätten schon April. Von mir aus können Sie bei mir einen Jagdschein für Petersen beantragen, aber das reicht nie für eine Mordanklage. Vergessen Sie das.«

Winkelmann hatte natürlich recht. Brandauer legte auf und überlegte, wie es weiter gehen sollte. Er ging ans Fenster und sah wie schon oft in den letzten Tagen hinüber auf die andere Straßenseite, wo der Schnee auf den Dächern schon vollständig verschwunden war und auch auf dem Bürgersteig von den zusammen- geschobenen Schneemassen nur noch Häufchen übrig geblieben waren.

»Er wird es noch mal probieren, Beate, er muss es noch mal probieren.«

»Glaubst du das wirklich, Chef?«

»Wir haben jetzt acht Grad plus und die Sonne kommt sogar raus. Morgen früh werden auch die letz- ten Schneereste hinterm Restaurant weggetaut sein, dann liegt das Handy da, für jeden sichtbar, einfach so auf dem Rasen. Das weiß auch Petersen. Morgen früh, wenn es hell wird, wird er noch mal hingehen. Ich bin mir ganz sicher.«

Die Kamera-App gab wieder ihren charakte- ristischen Warnton von sich. Der Kommissar akti- vierte die Wiedergabe der Aufnahme. Man konnte sehen, wie eine Angestellte des Restaurants dabei war, einen der Container zu öffnen, um drei blaue Plastik- säcke zu entsorgen. Als sie verschwunden war, schal- tete sich die Kamera wieder ab.

Brandauer entschloss sich, die App zu deakti- vieren, um nicht jedes Mal gestört zu werden, wenn jemand zum Müll ging. Jetzt, wo das Restaurant geöffnet hatte, bestand keine Gefahr, dass Petersen noch einmal kommen würde.

Im Hintergrund fing das Faxgerät plötzlich an zu rattern. Der KTU-Bericht vom Rock der Gruber kam. Wie nicht anders zu erwarten war, konnte man aufgrund der langen Zeit keine Täter-DNA mehr auf dem Rock detektieren. Damit war wieder eine Hoffnung, Petersen zu überführen, dahin.

»Hatte man eigentlich unter den Fingernägeln der Gruber was gefunden, Beate?«

»Nee, leider nicht, Chef.«

Beide hingen apathisch in ihren Stühlen, hatten die Füße hochgelegt und die Arme hinter den Köpfen verschränkt. Sie hätten eigentlich auch nach Hause gehen können, um die Überstunden abzubummeln, die sich in den letzten Tagen schon wieder angesammelt hatten. Vor morgen früh würde wahrscheinlich nichts Nennenswertes mehr passieren.

Stattdessen griff sich Brandauer noch einmal die Fotos, die Hansen im Restaurant gemacht hat und ließ sie von einer Hand in die andere wandern. Auf einmal erregte eines der Fotos seine Aufmerksamkeit. Er nahm die Füße vom Schreibtisch, richtete sich auf und sah sich das Foto genauer an. Dann reichte er es rüber zu seiner Kollegin.

»Sieh dir mal das Foto an, Beate.«

Die Neubert betrachtete das Foto eine Weile. Es zeigte im Vordergrund einen der Tische, an denen ein junges Pärchen saß, und freundlich in die Kamera lächelte. Die Neubert zuckte mit den Schultern und sah ihren Chef an.

»Ja, und?«

»Sieh dir mal die Frau im Hintergrund an.«

Im Hintergrund war die Bedienung, eine junge Frau, gerade dabei, einer Dame aus einer Rotweinflasche einzuschenken.

»Meinst du die Bedienung?«

»Genau die meine ich.«

»Was soll mit der sein?«

»Die ist genauso gekleidet wie die Gruber.«

»Mein Gott, ja, weiße Bluse, dunkle Hose. Das ist jetzt nicht so wahnsinnig ausgefallen.«

»Aber das Tuch, Beate, das Tuch.«

Die Bedienung hatte über den linken Arm ein weißes Leinentuch zu hängen, wie es Kellnerinnen in besseren Restaurants häufig haben.

»Denkst du an das Tuch, was wir bei der Gruber in der LIDL-Tüte gefunden hatten.«

»In der Tat. Ich glaube, ich weiß jetzt, warum sie das mithatte. Sagtest du nicht, sie hätte in einer Apotheke gearbeitet.«

»Ja, als PTA.«

»Wir hatten uns doch gefragt, wie sie ihr drittes Opfer hätte umbringen wollen, wo wir doch keine Tatwaffe bei ihr gefunden hatten.«

»Ich ahne, worauf du hinaus willst. Du meinst, sie hatte die Absicht, den Petersen zu vergiften?«

»Ich bin mir sicher.«

»Also doch keine Erpressung oder wie?«

»Nein, beides! Es ist alles richtig, was wir bisher vermutet hatten. Sie setzt sich so, dass sie den Petersen im Auge hat, nimmt irgendwann per WhatsApp Kontakt mit ihm auf und fordert ihn auf, das Geld an irgendeiner Stelle hinter dem Restaurant zu deponieren. In dem Augenblick, wo er aufsteht und den Tisch verlässt, hätte sie ihr Halstuch abgelegt, sich das Leinentuch über den Arm gehängt und wäre rüber an die Tafel gegangen, um dort leere Gläser abzuräumen oder so und hätte ihm dabei das Gift unauffällig in sein Getränk geschüttet.«

»Und du meinst, das hätte niemand gemerkt?«

»Der Chef hatte gesagt, dass er für jeden Tag andere Aushilfskräfte hatte einstellen müssen. Die kannten sich also untereinander überhaupt nicht. Er selbst war an dem Abend nicht im Restaurant. Die Gruber hatte den ganzen Abend völlig unauffällig zurückgezogen in der Ecke gesessen. Wahrscheinlich hatte niemand von ihrer Existenz Notiz genommen.«

»Aber dann hätte man ja bei ihr das Gift finden müssen, schließlich lebt der Petersen ja noch.«

»Stimmt, wir sollten uns die Asservate also noch einmal etwas genauer ansehen, finde ich.«

Brandauer stand auf und verließ das Büro. Einige Minuten später stand er mit der Kiste, in der Brömel die Sachen der Gruber aufbewahrt hatte wieder in der Tür.

»Mach mal deinen Tisch frei, Beate.«

»Warum ich? Mach doch deinen frei, wird eh Zeit, dass du da mal aufräumst.«

»Warum sind Frauen immer so kompliziert?«, fragte er eher scherzhaft.

Nur widerwillig schob Brandauer alles, was sich auf seinem Tisch angesammelt hatte beiseite und stellte die Kiste ab. Dann schütteten sie alle Beutel aus und nahmen auseinander, was auseinanderzunehmen war. Als sie damit fertig waren, lagen zwischen Auto- und Hausschlüssel ein Spiegel, ein Notizblock, ein Füller, lose Zigaretten und die leere Zigarettenschachtel sowie Teile des Lippenstiftes, einzelne Taschentücher und die Tabletten von *Fisherman's friend*.

Mit Blick auf das Chaos, das sie da gerade angerichtet hatten, stellte die Kommissarin treffend fest, dass sich das Ensemble gut in seine Umgebung eingefügt hatte.

»Meinst du, wir müssen die *Fisherman's* überprüfen lassen, Chef?«

»Eher nicht. Es muss ja was sein, was sich sofort auflöst.«

Die Neubert nahm sich den Füller und schraubte die Kappe ab.

»Ich staune, dass sie den Füller ohne ein Etui in ihrer Handtasche hatte. Die Gefahr, dass er ausläuft und alles einsaut, wäre mir viel zu groß.«

Sie hielt ihn gegen das Licht. Der Kolben, der die Tinte aufnahm, schien leer zu sein. Man konnte hindurchsehen. Als sie an dem Endstück drehte, schoss jedoch eine klare Flüssigkeit aus der Feder.

»Ja, was haben wir denn hier?«, rief sie überrascht.

»Tinte ist das jedenfalls nicht«, bemerkte auch Brandauer. »Das sollten wir mal genauer untersuchen lassen.«

Der Kommissar überlegte einen Moment. Dann sagte er:

»Ich kann mir gut vorstellen, wie sie das machen wollte. In der linken Hand hätte sie den Block gehalten, in der rechten den Füller, und zwar so, dass sie mit Daumen und Zeigefinger problemlos den Drehknopf am Ende des Schreibgerätes hätte drehen können, um das Gift unauffällig in Petersens Glas zu spritzen.«

Es klopfte plötzlich zaghaft an der Tür, aber niemand trat ein. Es klopfte ein zweites Mal.

»Herein!«, riefen beide gleichzeitig. Langsam öffnete sich die Tür und die Gesichter zweier Kinder im Vorschulalter guckten unsicher um die Ecke.

»Hereinspaziert, wir beißen nicht«, sagte die Neubert. Erst dann getrauten sie sich, näher zu kommen. Hinter ihnen trat mit etwas Verzögerung eine Frau ein. Sie schob die Kinder behutsam etwas vor und redete ihnen gut zu. Die Kinder, ein Mädchen, vielleicht fünf, und ein etwas kleinerer Junge, vermutlich ihr Bruder, hielten die Hände auf dem Rücken versteckt und drehten sich in der Hüfte unsicher hin und her. Die Frau, die wahrscheinlich ihre Mutter war, redete ihnen noch einmal gut zu.

Brandauer war kurz davor, die Geduld zu verlieren. Pädagogik war nicht seine Stärke. Deshalb gab die Neubert ihm unauffällig ein Zeichen, sich zurückzuhalten, und übernahm das, was einmal ein Gespräch werden sollte.

»Na, was habt ihr beide denn zu erzählen, hmm?«

Die Mutter unternahm einen erneuten Versuch, ihre Kinder zum Reden zu bringen, und stupste das Mädchen vorsichtig an.

»Wir haben was gefunden«, sagte sie endlich.

Die Neubert hatte sich inzwischen in die Hocke begeben und war mit den Besuchern auf Augenhöhe.

»Ja super, und das wollt ihr nun bei der Polizei abgeben?«

»Genau!«

Immer noch drehte sich das Mädchen auf der Unterlippe kauend schüchtern hin und her. Ihr Bruder war inzwischen dazu übergegangen, mit dem linken Zeigefinger in der Nase zu bohren.

»Aber da seid ihr leider bei uns verkehrt. Da müsst ihr runtergehen zur Wache. Da ist ein netter Polizist und dem könnt ihr geben, was ihr gefunden habt.«

Jetzt endlich meldete sich die Mutter zu Wort. Sichtlich stolz auf ihre eloquente Nachkommenschaft erzählte sie, dass man bereits unten war, dann aber von dem diensthabenden Wachtmeister hochgeschickt worden sei.

»So?«, sagte die Kommissarin erstaunt. »Was haben Sie denn abzugeben?«

Jetzt getraute sich das Mädchen wieder, etwas zu sagen:

»Wir wollten einen Schneemann bauen und da haben wir das hier gefunden«, und hielt der Neubert mit breitem Lächeln ein Handy unter die Nase.

»Und wo habt ihr das gefunden?«

»Hinter einem Restaurant.«

Brandauer sprang auf, nahm dem Mädchen das Handy ab und sah es sich genauer an.

»Na, das habt ihr ja ganz toll gemacht, Kinder.«

Die ehrlichen Finder strahlten erst den Kommissar und dann ihre Mutter an.

»Kriegen die Kinder denn jetzt einen Finderlohn?«, wollte sie wissen.

»Den gibt es erst, wenn sich der Eigentümer bei uns gemeldet hat. Jetzt gibt es erst mal einen Bonbon für jeden.«

Brandauer drehte sich um und nahm zwei *fisherman's* von seinem Schreibtisch. Die Belohnung hielt er für angemessen. Die Kinder bedankten sich artig und wurden von ihrer Mutter wieder nach draußen geschoben.

»Ich fasse es nicht! Hat sich denn alles gegen uns verschworen?«, fragte er sich. Er warf das Handy auf seinen Schreibtisch und ließ sich wieder in seinen Stuhl fallen.

»Soll ich's wieder zurücklegen?«, bot sich seine Kollegin an.

»Nee, lass gut sein. Das mach ich nachher, auf dem Weg nach Hause.«

Der Kommissar nahm sich missmutig das Handy der Gruber und drückte auf den Tasten herum, die es am seitlichen Rand hatte. Dann fiel ihm plötzlich etwas auf.

»Hast du zufällig den Bericht von der KTU bei dir rumzuliegen, Beate?«

»Welchen meinst du, Chef?«

»Den, der was über das Handy aussagt.«

»Der kam per E-Mail. Den hast du auf dem Rechner.«

Brandauer öffnete den Ordner, der alles enthielt, was mit dem Fall Gruber zu tun hatte und klickte sich bis zu dem gesuchten Bericht vor. Ihn interessierte, was die KTU mit dem Handy alles unternommen hatte. Als er mit dem Studieren des Berichtes fertig war, rief er Schiller an und stellte auf laut.

»Hallo Micha, sag mal, hatten die von der KTU eigentlich festgestellt, dass die SIM-Karte entnommen wurde?«

»Nee, die waren nur an möglichen Fingerabdrücken interessiert.«

»Okay, danke.«

Brandauer legte wieder auf.

»Beate, lass uns schlussmachen für heute. Ich bringe noch eben den Füller zur KTU rum und fahre noch mal kurz bei meinem Vater vorbei. Ich nehme den Tracker mit nach Hause. Sollte sich da was Unerwartetes tun, melde ich mich. Ansonsten sehen wir uns morgen früh zum Showdown.«

Er nahm den Tracker, den Füller und das Handy, schnappte seinen Mantel und verschwand – auffallend schnell, um eine Sekunde später noch einmal in der Tür zu erscheinen.

»Sag mal, hast du die Tasse, aus der Petersen den Kaffee getrunken hat, eigentlich schon abgespült?«

»Nee, mach ich gleich.«

»Ein Hoch auf die Prokrastination.«

Brandauer huschte noch einmal zurück zum Spülbecken, zog sich einen Latexhandschuh an, nahm einen Asservatenbeutel aus seiner Manteltasche und ließ die Kaffeetasse vorsichtig hineingleiten. Und schon war er wieder weg.

Kapitel 11

Brandauer hatte die Kamera-App sicherheitshalber schon vor dem Zubettgehen aktiviert, doch sie hatte in der Nacht nicht angeschlagen. Es war vor dem Hellwerden auch nicht damit zu rechnen. Allerdings rechneten der Kommissar und seine Kollegen damit, dass Petersen mit dem Morgengrauen bereits aktiv werden könnte. Er hatte deshalb darum gebeten, dass sich alle schon ab sieben Uhr bereit halten sollten.

Brandauer hatte das Handy wie verabredet wieder zurückgelegt und darauf geachtet, dass Petersen nicht lange danach suchen muss. Es war sogar von der Überwachungskamera aus sofort zu sehen.

Diesmal war der Kommissar so pünktlich im Büro, dass er sich seinen Kaffee selbst machen konnte. Zu seinem Leidwesen stellte er jedoch fest, das seine Kollegin das besser konnte.

Ab sieben Uhr saß man hinter den Schreibtischen bei Tee und Kaffee und fixierte das blinkende GPS-Signal, in der Hoffnung, dass es sich irgendwann einmal bewegen würde. Bei seinem ersten Zucken mussten sie sich sofort sputen, denn Petersen benötigte nur zehn Minuten bis zum Restaurant.

Um 7 Uhr 49 war es dann so weit. Brandauer griff zum Telefon und informierte seine Kollegen. Um 7

Uhr 54 waren alle auf ihren Posten, die gleichen wie am Vortag. Um 8 Uhr 03 hielt der Wagen von Petersen in der Tornower Straße. Petersen stieg aus und ging, ohne sich noch einmal umzusehen, zum Restaurant und schlüpfte durch das den hinteren Bereich abgrenzende Gebüsch.

Der Schnee war mit Ausnahme eines kleinen Häufchens, dort, wo am Vortag noch der Schneemann stand, über Nacht weggeschmolzen. Petersen musste nicht einmal nach dem Handy suchen, es lag mitten auf dem Rasen und lachte ihn an. Er sah sich noch einmal kurz nach allen Seiten um, dann lief er direkt auf das Handy zu, hob es auf, küsste es lächelnd und steckte es in seine Manteltasche.

Als er zurück zu seinem Auto wollte, stand er plötzlich vor Hauptkommissar Brandauer und Oberkommissarin Neubert, die ihn in Empfang nahmen. Er überlegte nur kurz, ob er fliehen sollte, aber da ihm der einzige Fluchtweg von Polizeihauptmeister Brömel und Polizeimeister Hansen versperrt wurde, die vorsichtshalber ihre Waffen gezogen hatten, entschied er sich dafür, empört zu reagieren.

»Was soll das denn jetzt? Haben Sie nichts Besseres zu tun, als schon am frühen Morgen unbescholtenen Bürgern aufzulauern, Herr Kommissar?«

Es folgte die übliche Belehrung, gefolgt von der üblichen Reaktion: *Ohne meinen Anwalt sage ich nichts!*

Brömel legte ihm Handschellen an und eine halbe Stunde später saß man im Verhörraum – der Petersen, die Neubert und der Kommissar und wartete darauf, dass sich die Tür öffnen würde und Petersens Anwalt erschien.

Zwanzig Minuten später war es endlich so weit. Der Anwalt war ein noch recht junger Typ, der so aussah, als wäre er direkt von der Uni zum Verhörraum gefahren. Das Einzige an ihm, das Erfahrung ausstrahlte, war seine Aktentasche. Ein uraltes Teil aus abgewetztem, hellbraunen Leder mit zwei metallenen Schnappschlössern, die er, noch bevor er sich setzte, demonstrativ aufschnappen ließ, um der Tasche einen leeren Block und einen Füllfederhalter zu entnehmen.

Erst dann streckte er mit den Worten *»Clemens Neuhaus, von der Kanzlei Plattner & Partner«* seine Hand zum Gruß aus. Auch Brandauer, der aufgestanden war, schien ihm dem ersten Anschein nach die Hand reichen zu wollen, streckte sie aber nur aus, um ihm seinen Platz zu weisen, und setzte sich wieder.

Plattner & Partner war eine der renommiertesten Kanzleien im Osten Brandenburgs. Petersen hatte also schweres Geschütz aufgefahren, was den Kommissar allerdings nicht weiter verwunderte.

Als der Anwalt merkte, dass Brandauer den Handschlag verschmähte, hielt er die Hand geistesgegenwärtig seinem Mandanten mit den Worten *»Hallo Harald«* hin, der sie annahm. Dann sagte er noch:

»Ich hoffe doch stark, du hast dich noch nicht zu irgendeiner Aussage hinreißen lassen.«

»Natürlich nicht, Clemens.«

Man kannte sich also, stellte Brandauer fest. Vermutlich vom Golfplatz.

»Ich vermute, Sie hatten schon öfter das Vergnügen, Herrn Petersen vertreten zu dürfen?« Die Spitze konnte sich Brandauer nicht verkneifen.

»Meine Kanzlei hat ihn in der Tat schon sehr erfolgreich vertreten dürfen, ja.«

Neuhaus schob die Aktentasche ein Stück von sich weg und platzierte Block und Füller akkurat vor sich. Dann nahm er Platz, schlug die Beine übereinander, lehnte sich zurück und faltete die Hände in seinem Schoß.

Brandauer sah sich das Schauspiel gelassen an und als er das Gefühl hatte, dass der Zeremonienmeister endlich fertig war, eröffnete er das Verhör mit den Worten:

»Herr Petersen, Sie stehen unter dem dringenden Tatverdacht, am 28. Januar des Jahres die Rentnerin Luise Gruber, geborene Wendland erdrosselt zu haben.

Wir beabsichtigen, Sie morgen dem Haftrichter vorzuführen, der über eine weitere vorläufige Inhaftierung entscheiden wird.

Sie haben das Recht, sich zur Beschuldigung zu äußern oder nicht zur Sache auszusagen. Von Ihrem Recht, einen Anwalt hinzuzuziehen, haben Sie ja bereits Gebrauch gemacht.

Möchten Sie einen Angehörigen oder eine Person Ihres Vertrauens benachrichtigen?«

Brandauer sah sein Gegenüber erwartungsvoll an. Doch der rührte sich nicht.

»Keine Antwort ist auch eine Antwort. Ich interpretiere das mal als ein ‚nein‘. Ach wissen Sie was, Petersen, warum soll ich hier das Kindermädchen spielen. Sie können ja lesen.«

Mit diesen Worten schob Brandauer ihm den Gesetzestext zu.

»Ich gebe Ihnen zehn Minuten Zeit. Wenn Sie was nicht verstehen sollten, können Sie ja Ihren Anwalt fragen.«

Er erhob sich, zündete sich eine Zigarette an und verließ den Verhörraum. Die Neubert sah ihm irritiert nach, blieb aber sitzen. Nach zehn Minuten war er wieder zurück.

»Alles klar so weit?«, fragte er die beiden, noch bevor er sich wieder hingesetzt hatte.

Brandauers Blick ging vom Beschuldigten zu seinem Anwalt und wieder zurück. Er nahm Platz und wollte schon mit der Befragung loslegen, da meldete sich der Anwalt zu Wort.

»Herr Kommissar, sollten Sie nicht in der Lage sein, hier und jetzt Beweise für Ihre Anschuldigung vorzulegen, werde ich die sofortige Freilassung meines Mandanten beantragen.«

Brandauer wollte schon antworten, da griff Petersen nach dem Arm seines Anwalts und sagte:

»Lass nur Clemens, ich habe ein starkes Interesse, an der Aufklärung des Missverständnisses aktiv mitzuwirken, und werde gern kooperieren.«

»Na das hört sich doch gut an«, sagte Brandauer. »Dann wollen wir mal loslegen. Es ist richtig, dass Sie am 28.1. abends im Restaurant Stadtmitte waren?«

»Ja das ist korrekt.«

»Was hatten Sie dort gemacht?«

»Wie Sie ja selbst wissen, hatten wir uns dort mit den Kameraden zu einem Klassentreffen verabredet.«

»Von der 3. Polytechnische Oberschule in Wriezen?«

»So ist es.«

»Von wann bis wann hatten Sie die Schule besucht, wenn ich fragen darf?«

»Da muss ich einen Moment überlegen. Ich glaube von 1964 - 1974.«

»War es nicht eher von 64 - 75?«

»Kann auch sein.«

»Sie mussten die Neunte wiederholen, wenn ich mich nicht irre.«

Petersen staunte nicht schlecht über das Detailwissen, das Brandauer vor ihm ausbreiten konnte.

»Auch das ist richtig. Ich war in dem Jahr lange krank, wissen Sie ...«

»Es lag mir auch fern, Ihnen damit zu nahe treten zu wollen, Herr Petersen«, unterbrach er ihn. »Sie kamen jedenfalls erst in der Neunten in die Klasse, mit der sie das Klassentreffen hatten, richtig?«

»Ja, das stimmt.«

»Haben Sie noch Erinnerungen an das Schuljahr, in dem Sie neu in die Klasse kamen?«

»Kaum, ist zu lange her.«

»Sie hatten eine Mitschülerin, die das Jahr nie vergessen hat. Sie wissen, wen ich meine?«

»Nee, keine Ahnung.«

»Ich meine das Mordopfer, Herr Petersen, Luise Gruber.«

Petersen dachte angestrengt nach und schüttelte den Kopf.

»Sagt mir nichts.«

»Vielleicht sagt Ihnen ja Luise Wendland etwas?«

Es blitzte kurz in seinen Augen auf und mit einer Verzögerung, die für Brandauer eine Spur zu lange dauerte, antwortete er:

»Nee, sagt mir auch nichts.«

»Dann versuchen Sie sich doch mal an den 16. Januar 1974 zu erinnern.«

Das war der Augenblick, auf den sich Brandauer schon gefreut hatte. Die erste Reaktion auf die direkte und unerwartete Konfrontation mit der Tat. Die schlagartige Verengung der Pupillen für den Bruchteil einer Sekunde. Wäre er sich vorher noch nicht hundertprozentig sicher gewesen, den Richtigen vor sich zu haben, spätestens jetzt war er es.

»Wie sollte ich mich daran erinnern können? Können Sie sich noch daran erinnern, was Sie an dem Tag gemacht haben, Herr Kommissar?«

»Nee, kann ich nicht. Aber ich kann mit Sicherheit sagen, dass ich an dem Tag kein Mädchen vergewaltigt habe.«

»Was wollen Sie damit andeuten?«

»Dass das der Tag war, an dem Sie mit zwei Mitschülern Luise Wendland vergewaltigt haben.«

Petersen sprang auf und schrie Brandauer an:

»Haben Sie sie noch alle? Was erlauben Sie sich.«

Jetzt griff Petersens Anwalt zum zweiten Mal ein und bat seinen Mandanten, sich wieder zu setzen und sich zu beruhigen, was Petersen nur widerstrebend tat.

»Herr Kommissar, ich weiß nicht, was Sie dazu veranlasst, meinen Mandanten hier und heute mit vermeintlichen Straftaten zu konfrontieren, die 50 Jahre zurückliegen und, gesetzt den Fall, dass sie sich überhaupt beweisen ließen, längst verjährt wären.

Ich möchte Sie nur warnen. Wenn Sie so was in die Öffentlichkeit bringen sollten, wäre das so rufschädigend, dass mein Mandant Sie erfolgreich wegen Verleumdung und übler Nachrede belangen würde.«

»Da liegen Sie ausgesprochen richtig, Herr Anwalt. Genau da liegt nämlich das Tatmotiv.«

»Ist doch alles Schwachsinn«, steigerte sich Petersen langsam in seiner Erregung.

»Ich bin ja nicht so naiv, Ihnen offiziell eine verjährte Straftat zur Last legen zu wollen, zumal Sie damals erst 15 waren. Ich versuche Ihnen und ihrem Herrn Anwalt nur zu erklären, warum es einen Anfangsverdacht gab, der Sie früh zum potenziellen Täterkreis, den Mord an Frau Gruber betreffend, zählen ließ.«

Petersen sammelte sich wieder, lehnte sich auf seinem Stuhl zurück und verschränkte die Arme.

»Darf ich Sie mal fragen, wer Ihnen diesen Schwachsinn eigentlich erzählt hat, Herr Kommissar.«

»Sie dürfen, Petersen. Die ermordete höchstpersönlich war es. Sie hatte alles in ihrem Tagebuch festgehalten, inklusive der Namen derer, die daran beteiligt waren: Egon Kramer, Eckerhard Schuster und Sie.«

»Wer's glaubt, wird selig!«

»Möchten Sie, dass ich Ihnen ein bisschen aus dem Tagebuch vorlese, Herr Petersen?«

Das war jetzt nicht ungefährlich, da die Gruber ja die Namen ihrer Peiniger, insbesondere seinen, nicht vollständig genannt hatte. Brandauer spekulierte darauf, dass es Petersen nicht recht gewesen wäre, wenn Details von damals an die Öffentlichkeit, zu der letztendlich auch sein Anwalt gehörte, gekommen wären. Sein Kalkül ging auf.

»Ich muss mir den Unsinn ja wohl nicht auch noch anhören, oder?«

Petersen wirkte bereits mächtig gereizt.

»Nach der Schule haben Sie dann eine Ausbildung als Elektronikfacharbeiter gemacht?«

»Wie Sie auch in meinem Lebenslauf im Internet nachlesen können.«

»In eben diesem Lebenslauf steht auch, dass Sie bis 1990 in der Ukraine und danach in Mittelamerika waren, richtig?«

»Offensichtlich können Sie lesen.«

»Sagen Sie mir auch, was Sie dort gemacht haben?«

»Gearbeitet, was sonst.«

»Sie sind nicht etwa ins Ausland gegangen, um einer Ermordung durch Luise Gruber zu entgehen.«

»Wieso das denn?«

»Kramer kam 1978 bei einem Motorradunfall ums Leben, den Luise Gruber mutmaßlich zu verantworten hatte. Schuster starb kurze Zeit später durch mysteriöse Umstände. Wir vermuten, dass auch dort Luise Gruber ihre Finger im Spiel hatte.«

»Hat alles nichts mit mir zu tun, Herr Kommissar.«

»Wussten Sie, dass Luise Gruber nur ins Restaurant gekommen war, um auch Sie endlich umzubringen?«

»Quatsch.«

»Sie hatte Gift dabei, das sie Ihnen in Ihr Getränk tun wollte.«

Petersens Anwalt wurde immer unruhiger, mischte sich aber nicht ein.

»Sie sind nur deshalb nicht tot, Petersen, weil Sie ihr zuvorkamen.«

»Blödsinn.«

»Sie hatten sie im Restaurant erkannt, darauf gewartet, dass sie nach draußen geht, um eine Zigarette zu rauchen, dann sind sie ihr gefolgt und haben sie erdrosselt.«

»Alles totaler Unfug!«

»Sie haben ihr das Geld, ihre Papiere und das Handy abgenommen, damit es wie Raubmord aussieht und wir eine Weile damit beschäftigt waren, ihre

Identität zu klären. Dann haben sie die SIM-Karte aus dem Handy genommen, damit wir ihre Kontaktdaten nicht auslesen können, das Handy gut abgewischt, damit keine Fingerabdrücke von Ihnen darauf zu finden sind und haben es im hohen Bogen in den Schnee geworfen. Doch leider haben Sie dann den Fehler begangen, einige Tage später selbst im Schnee nach dem Handy zu suchen. Sie waren bereits gestern vergeblich da und heute noch einmal. Wir haben das auf einer Überwachungskamera, Herr Petersen.«

An der Stelle mischte sich der Anwalt wieder ein und fragte, ob er die Videos einmal sehen könnte.

Brandauer zückte sein Handy, spielte das Video von heute früh ab und kommentierte es selbst.

»Wie Sie auf dem Video erkennen können, kam Ihr Mandant heute früh gegen 8 Uhr gezielt zum Restaurant zurück, nur um das Handy an sich zu nehmen, das er nach dem Mord in den Schnee geworfen hatte.«

»Entschuldigung, Herr Kommissar, aber in dem Satz stimmte allenfalls die Uhrzeit. Alles andere waren reine Mutmaßungen. Ich soll auf diesem Video erkennen können, dass mein Mandant mit einem bestimmten Ziel zum Restaurant kam? Woran, bitte wollen Sie erkennen, mit welchem Ziel jemand etwas tut? Vielleicht hatte er ja das Ziel, dem armen dahinschmelzenden Schneemann die Rübe wieder ins Gesicht zu stecken und das Handy dabei nur zufällig gefunden. Würden Sie daraus auch schließen, dass er die Frau umgebracht hat?«

»Nur hat er dem Schneemann die Rübe leider nicht ins Gesicht gesteckt.«

»Sie sagten, Sie hätten auch noch ein zweites Video, Herr Kommissar?«

Brandauer spielte auch das Video vom Vortag ab. Petersen und sein Anwalt sahen es sich interessiert an und dann sagte der Advokat zu Brandauer:

»Ich hoffe, Sie löschen das Video nicht versehentlich, denn es beweist eindeutig, dass mein Mandant mit dem Handy und somit auch mit dem Mord an Luise Gruber nichts zu tun hat.«

»Interessant.« Brandauer lehnte sich verdutzt in seinem Stuhl zurück und verschränkte die Arme. »Das müssen Sie mir erklären, Herr Anwalt, denn ich denke, dass das Video genau das Gegenteil beweist.«

»Wenn ich Sie bitten darf, das Video noch einmal zu starten, erkläre ich es Ihnen gern.«

Brandauer startete das Video noch einmal und war gespannt, was der Anwalt ihm erzählen wird.

»Sehen Sie, Herr Kommissar, man sieht doch ganz deutlich, dass mein Mandant keine Ahnung hat, wo das Handy liegen könnte. Er sucht ja überall, nur nicht dort, wo das Handy lag. Also hat nicht er, sondern jemand anders das Handy weggeworfen.«

Brandauer sah zur Neubert rüber, der fast die Gesichtszüge entgleisten. War damit die ganze Beweisführung gestorben? Was konnte Brandauer gegen diese Interpretation ins Feld führen. Sie schien absolut schlüssig zu sein. Mit dem Anflug eines Lächelns versuchte er seine Kollegin zu beruhigen.

»Und wie wollen Sie mir erklären, welches Motiv Ihr Mandant hatte, nach dem Handy zu suchen?«, hakte Brandauer nach.

»Woraus wollen Sie denn schließen, dass er nach einem Handy gesucht hat. Nicht jeder, der mit dem Schuh im Schnee herumscharrt, sucht nach einem Handy.«

Auch der Erklärung konnte der Kommissar nichts entgegensetzen. Langsam merkte er, dass der junge Schnösel mit allen Wassern gewaschen war und er sich vorsehen musste. Brandauer erwiderte nichts, sondern fixierte nur Petersen, dessen Gesicht langsam wieder Farbe bekam.

»Das sollte ich vielleicht am besten selbst erklären, Herr Kommissar«, schaltete er sich ein.

»So, na da bin ich aber mal gespannt.«

»Sie haben ja recht, Herr Kommissar. Natürlich war ich da, um nach dem Handy zu suchen ...«

Als Neuhaus das hörte, verdrehte er die Augen und blickte konsterniert zur Decke.

»... Wissen Sie, das war nämlich so. Als ich gestern früh bei Ihnen auf dem Kommissariat war, hatten Sie mir doch erzählt, dass Sie davon ausgehen, dass der Täter vielleicht noch das Handy hat, weil Sie es am Tatort nicht gefunden haben.«

»Stimmt.«

»Und dann fragten Sie mich ja auch noch, ob ich nicht mit Ihnen kooperieren möchte. Und da habe ich Ihnen gesagt, selbstverständlich möchte ich das, Herr Kommissar.

Da hab ich angefangen, darüber nachzudenken, was *ich* mit dem Handy gemacht hätte, und dachte mir, der Mörder wird es nicht mitgenommen haben, um nicht damit erwischt werden zu können, verstehen Sie? Er hat es bestimmt irgendwo am Tatort versteckt, dachte ich. Und da kam mir die Idee mit dem Schnee. Ich dachte mir, vielleicht hat er es einfach in den Schnee geworfen. Ich bin gleich gestern hin und hab es gesucht, aber nicht gefunden.

Und dann dachte ich mir zu Hause, weil es ja draußen so warm war, probier es doch morgen noch mal, da ist der Schnee bestimmt schon weggetaut. Und ich hatte recht.«

Petersen breitete die Arme aus und strahlte.

»Ich wäre selbstverständlich auch direkt zu Ihnen gekommen, um es Ihnen auszuhändigen, hätten Sie mich nicht vor Ort festgenommen.«

»Selbstverständlich.«

Der Anwalt hielt den Zeitpunkt nun für gekommen, das Verhör zu beenden, packte seinen leeren Block und den Füller in die Aktentasche, ließ die Schlösser zuschnappen, stand auf und sagte:

»Sehen Sie, Herr Kommissar, so leicht lassen sich die Dinge manchmal aufklären. Ich denke, mein Mandant kann dann gehen.«

»Tja, wenn nur alles so einfach wäre«, erwiderte Brandauer, blieb jedoch demonstrativ sitzen und schenkte dem Anwalt sein schönstes Lächeln.

»Ist noch was?«, fragte der verunsichert.

»Eines müsste mir Ihr Mandant noch erklären, bevor er gehen kann, Herr Anwalt.«

»Als da wäre?«

»Wie seine Fingerabdrücke auf das Handy gekommen sind.«

Petersen lachte laut auf.

»Das war jetzt ein Scherz, oder?«

»Keineswegs.«

»Herr Kommissar, wenn Sie sich das Video noch einmal in Ruhe ansehen, werden sie feststellen, dass ich keine Handschuhe trug, als ich das Handy aufhob.«

»Na dann sehen wir uns doch das Video noch einmal in Ruhe an, Herr Petersen.«

Der Anwalt schüttelte lachend den Kopf und setzte sich wieder. Brandauer legte das Handy auf den Tisch und startete das Video. Man sah, wie Petersen von links ins Bild kam und zielstrebig auf das Handy zulief, das deutlich sichtbar vor ihm im Rasen lag. In dem Augenblick, als er die Hand aus der Manteltasche nahm, um nach dem Handy zu greifen, drückte Petersen auf die Pause-Taste und zeigte auf das Display.

»Sehen Sie, Herr Kommissar, keine Handschuhe.«

»Na, dann lassen wir das Video doch mal weiterlaufen.«

Brandauer drückte wieder auf Start. Man konnte sehen, wie Petersen das Handy an sich nahm, zum Mund führte, küsste und dann in die Manteltasche steckte. Kurz darauf erschienen die Kommissare im Bild und verhafteten ihn.

»Haben Sie nichts bemerkt, Herr Petersen?«

Petersen sah erst zu Brandauer, dann zu seinem Anwalt, dann breitete er die Arme aus und fragte entgeistert:

»Was soll ich bemerkt haben?«

»Sie haben das Handy aufgehoben und direkt in ihrer Manteltasche verschwinden lassen.«

»Ja und?«

»Wie erklären Sie sich dann den Daumenabdruck auf der Innenseite des Hardcase?«

Petersen sah verunsichert mehrfach zwischen Brandauer und seinem Anwalt hin und her, der ebenso sprachlos war, wie Petersen selbst.

»Sie hatten, bevor Sie am Sonntag das Handy wegwarfen, die SIM-Karte entfernt. Erinnern Sie sich, Petersen? An die kommt man bei diesem Modell aber nur ran, wenn man vorher das Hardcase entfernt. Sie haben die SIM-Karte entnommen, das Hardcase wieder draufgesetzt und das Handy fein säuberlich abgewischt, bevor sie es wegwarfen. Leider hatten Sie bei der Aktion nicht daran gedacht, auch die Innenseite des Harcase abzuwischen. Da hatten Sie uns einen schönen Daumenabdruck Ihrer rechten Hand hinterlassen.«

Petersen war im Laufe der Erläuterungen kraftlos in sich zusammengesackt und war nun kurz vorm Heulen. Er sprang auf und schrie:

»Die blöde Fotze wollte mich erpressen. Die hätte mich fertiggemacht. Hunderttausend Euro wollte die haben, sonst wäre sie mit der Scheiße von damals an die Presse gegangen.«

Petersen war aufgesprungen und lief inzwischen im Verhörraum auf und ab. Sein Anwalt war aufgestanden und darum bemüht, ihn zum Schweigen zu bringen, doch Petersen wies ihn mit einer abwehrenden Armbewegung barsch zurück.

»Was sollte ich denn tun, Mann? Das war doch reine Notwehr, Mann.«

»Beruhige dich, Harald. Du weißt nicht, was du tust.« Sein Anwalt verlor allmählich die Beherrschung, weil er merkte, dass er seinen Mandanten nicht mehr erreichte.

Dann holte Petersen weit aus und erzählte. Er hätte Ende der Siebziger einige Situationen erlebt, die ihn fast das Leben gekostet hätten. Einmal wäre er vor eine Straßenbahn gestoßen worden. Er hatte Glück, dass der Fahrer gerade noch bremsen konnte, ein anderes Mal hatte er nachts vor seiner Haustür von hinten einen Schlag auf den Hinterkopf bekommen, woraufhin er monatelang im Krankenhaus lag.

Währenddessen war der Anwalt zu Brandauer gegangen und hatte dem mitgeteilt, dass er sich gezwungen sieht, sein Mandat niederzulegen. Er bat den Kommissar, ihm die Tür zu öffnen und ihn rauszulassen.

Petersen war nicht zu bremsen. Als er vom Tod seiner beiden Klassenkameraden hörte, erzählte er, wurde ihm klar, dass das auch gezielte Mordversuche waren, denen er sich da ausgesetzt gesehen hatte, und auch wer dahintersteckte. Nur hatte er keine Beweise und natürlich auch keine Lust, die Vergewaltigung von damals selbst anzuzeigen. Deshalb sei er irgendwann ins Ausland geflohen, um weiteren Anschlägen zu entgehen.

Neuhaus hatte den Verhörraum inzwischen längst verlassen. Er hatte ganz offensichtlich befürchtet, dass dieser Fall seine Erfolgsquote zunichtemachen würde.

Petersen hatte sich mittlerweile wieder gesetzt und stützte seinen Kopf resigniert zwischen den Händen ab. Nur gelegentlich brauchte er einen Anstoß von Brandauer, um mit seiner Geschichte fortzufahren. Anscheinend war es ihm ein Bedürfnis, sich die Seele vom Leib zu reden. Jetzt, wo er die Ausweglosigkeit seiner Situation erkannt hatte.

Als Petersen 2012 wieder nach Deutschland zurückkam, dachte er, dass sich die Sache erledigt hätte. Er war in eine andere Stadt gezogen und dachte, vor der Gruber sicher zu sein. Die hatte ihn aber vor zwei Jahren über das Internet ausfindig gemacht, und dann ging das wieder los.

Letztes Jahr wurde er in Berlin auf einem U-Bahnsteig die Treppe hinuntergestoßen, brach sich den rechten Unterarm und hatte eine Gehirnerschütterung. Man zeigte ihm die Bilder einer Überwachungskamera, auf der eine Frau zu sehen war – allerdings nur von hinten. Ihm war sofort klar, wem er das zu verdanken hatte.

Dann ging es vor einem Monat mit den Erpressungsversuchen los. Hunderttausend Euro sollte er zahlen. Er wäre sogar bereit gewesen, sich darauf einzulassen, wenn er die Sicherheit gehabt hätte, dass damit alles ein Ende haben würde, aber die Sicherheit hatte er nicht. Deshalb ließ er sich nur zum Schein darauf ein. Er sollte das Geld mit zum Klassentreffen bringen.

Beim Klassentreffen wartete er die ganze Zeit darauf, dass die Gruber irgendwann mal erscheinen würde, aber sie kam nicht. Stattdessen erhielt er über WhatsApp Nachrichten von ihr. Was er zu tun habe und wie er sich zu verhalten habe. Ihm wurde bald klar, dass sie anwesend sein musste und ihn beobachtete. Er saß zwar mit dem Rücken zum Saal, doch gelang es ihm über den Spiegel, die Frauen hinter ihm zu beobachten.

Er versuchte rauszubekommen, wer von ihnen zum Handy griff, immer wenn er eine Nachricht abgeschickt hatte, und fand die Gruber auf diese Weise. Irgendwann schrieb sie dann:

*,Ich werde dir gleich sagen, wo du das Geld
deponieren sollst.'*

Dann stand sie auf, nahm sich eine Zigarette aus der Schachtel, griff ihre Handtasche und ging nach draußen. Er folgte ihr nach zwei Minuten und traf sie vor dem Hinterausgang an. Sie erkannte ihn sofort. Er konnte sich kaum an ihr Gesicht erinnern. Sie hatte sich mächtig verändert.

,Willst du mir das Geld gleich geben?'

hatte sie ihn gefragt. Da verlor er die Nerven, drückte sie zwischen die Müllcontainer und griff nach den beiden Enden ihres Halstuchs. Er sei wie in Trance gewesen, sagte er. Plötzlich lag sie tot vor ihm.

Er geriet in Panik, wusste nicht, was er tun sollte, hatte sogar einen Moment lang mit dem Gedanken gespielt, sich der Polizei zu stellen, den Gedanken dann aber wieder verworfen. Es müsste wie ein Raubüberfall aussehen, dachte er dann. Er durchsuchte ihre Handtasche, nahm ihr Geld, Scheckkarte und das Handy ab und steckte alles in seine Jacketttaschen.

Dann dachte er, dass er ihr auch noch den Ausweis abnehmen sollte, damit man nicht so schnell eine Verbindung zu ihm herstellen konnte. Als ihm dann klar wurde, dass er nicht so schnell die Gruppe verlassen konnte, ohne dass es auffallen würde, überlegte er, was er mit dem Handy machen soll.

Er wollte es nicht mit hinein nehmen, falls es später dazu kommen würde, dass man die Gäste durchsuchte. Auch von Ausweis und Scheckkarte musste er sich trennen. Erst wollte er alles in einen der Container werfen, dann dachte er sich, dass man die bestimmt genau untersuchen würde.

Also entschloss er sich, aus dem Handy die SIM-Karte zu entfernen und es irgendwo in den Schnee zu werfen. Vorher beseitigte er mit einem Taschentuch alle Fingerabdrücke. Dann lugte er durch die Tür und passte den Moment ab, wo niemand auf dem Flur war und ging auf die Toilette, um die SIM-Karte und die Papiere im Klo runterzuspülen. Anschließend setzte er sich wieder zu den anderen und tat so, als wäre nichts gewesen.

Als er mit dem Erzählen fertig war, blieb es eine ganze Weile ruhig im Raum. Dann sagte Brandauer:

»Tja Petersen, vielleicht hätten Sie wegen des Erpressungsversuchs und der vermeintlichen Mordanschläge ja sogar eine gewisse Strafminderung vom Gericht zugesprochen bekommen. Leider jedoch haben Sie durch das Entfernen einer kleinen SIM-Karte, das gesamte Material, das Sie hätte entlasten können, vernichtet und sich selbst der Justiz ausgeliefert.«

Epilog

»Eines musst du mir noch verraten, Chef«, sagte die Neubert, als sie wieder im Büro waren.

»War das mit dem Daumenabdruck ein Bluff oder gibt es den wirklich. Die KTU hatte doch geschrieben, sie hätten keine Fingerabdrücke gefunden.«

»Die hatten keine Veranlassung gesehen, das Hardcase zu entfernen, sondern das Handy nur von außen nach Fingerabdrücken untersucht. Schiller war derjenige, der gemerkt hatte, dass die SIM-Karte fehlte. Und mir war gestern, als ich mit dem Handy spielte, aufgefallen, dass man an die SIM-Karte nicht rankommt, ohne das Hardcase zu entfernen.

Und da du die Kaffeetasse von Petersen noch nicht abgewaschen hattest, bin ich mit der Tasse und dem Handy direkt zu unseren Spezialisten und habe sie gebeten, noch einmal auf der Innenseite nach Fingerabdrücken zu suchen und gegebenenfalls einen Abgleich zu machen. Wenn die nichts gefunden hätten, wären wir ganz schön angeschmiert gewesen.«

Brandauer sah auf seine Uhr.

»Gehen wir zu Mario?«